AHMET BATMAN

Başka Bir Şey

İnsan bu hayatta inandığını yaşar derler.
Ben de seni yaşamak için sana inandım.

DESTEK yayınları

DESTEK
MEDYA
GRUBU

DESTEK YAYINLARI: 1160
EDEBİYAT: 362

AHMET BATMAN / BAŞKA BİR ŞEY

İmtiyaz Sahibi: Yelda Cumalıoğlu
Genel Yayın Yönetmeni: Ertürk Akşun
Yayın Koordinatörü: Özlem Esmergül
Editör: Devrim Yalkut
Kapak Tasarım: Şeyda Korkmaz
Sayfa Düzeni: Cansu Poroy
Sosyal Medya-Grafik: Tuğçe Budak - Mesud Topal

Destek Yayınları: Ekim 2019
Yayıncı Sertifika No. 13226

ISBN 978-605-311-682-0

Abdi İpekçi Caddesi No. 31/5 Nişantaşı/İstanbul
Tel. (0) 212 252 22 42
Faks: (0) 212 252 22 43
www.destekdukkan.com
info@destekyayinlari.com
facebook.com/DestekYayinevi
twitter.com/destekyayinlari
instagram.com/destekyayinlari
www.destekmedyagrubu.com

Özkaracan Matbaacılık ve
Ciltçilik San. Tic. Ltd. Şti.
15 Temmuz Mah. Gülbahar Cad.
No. 62/B Bağcılar / İstanbul
Tel. (0) 212 515 49 47
Sertifika No. 12228

DESTEK yayınları KARAKARGA BEYAZ BAYKUŞ genç DESTEK

Başka Bir Şey

Ahmet Batman'dan

DESTEK
yayınları

Aşk yaşandığı ana aittir ve her an ölümsüzdür.
Bu yüzden bir gün bittiğini sandığınız şey aşk değildir.
Sadece başka bir ana denk gelmişsinizdir.

İnsan bazı imkânsızlıkları kabul edebiliyor ama
bir türlü o imkânsızlıklarla yaşamayı öğrenemiyor.
Hayat gördüğünden ibaretse gördüğü kadarını,
daha fazlası ise daha fazlasını istiyor.
Yaradılışının doğasındaki doyumsuzluğu en çok neye
karşı hissederse farkında olmadan ona ait oluyor.
Kimi bir sese, kimi bir gülüşe, kimiyse herhangi
bir maddeye tutulup kalıyor. Aklını kullanan kalbinden
kurtulacağını zannetse bile gün geliyor kalbinin
esiri oluyor.

Bu kitap gördüğü en güzel rüyaya uyandığında
devam edebilenlere ve aşkı hafife almayanlara
armağan edilmiştir.

İnsan zaman zaman aklının almadığı işlere kalkışır.
Zaten aklınızın aldığı işler pek de yaşanılabilir kılmaz
bu hayatı. Aklı başında olmak kötüdür diyemem ama
deliliğin verdiği heyecanı da görmezden gelemem.
Kendinizi anlayamadığınız zamanlar olur, öyle ki,
"Bu ben değilim!" bile diyebilirsiniz.
Hatta gün gelir o zamanları özleyebilirsiniz.
Söz sahibinin aklınız değil de kalbiniz olduğu o anları...

Bu başka bir şey işte adını koyamadığımız, sonuna
varamadığımız ve kaçıp kurtulamadığımız bir şey.
Bir ad aramak, bir son beklemek ya da kaçıp kurtulmayı
istemek doğru mu bilmiyorum. Sadece şunu biliyorum.
Umulmadık bir anda âşık olabilirsiniz,
kalbi hafife almayın. Ve bir an aşktan kaçtığınızı da
sanabilirsiniz ama şunu da unutmayın:

"Aklın gidiş biletini aldığı yerde
kalp çoktan dönüş biletini ayırmıştır."

İyi yolculuklar...

Birinci Bölüm

İnsan bu hayatta inandığını yaşar derler.
Ben de seni yaşamak için sana inandım.

İnandığınız şeylerin peşinden koşmaya başladığınızda yaşadığınızın farkına varıyorsunuz. Elbette insan yaşamının her evresinde böyle durumlarla karşılaşmıyor. Her zaman inanılacak şeyler bulunmuyor. Hatta birçoğumuz yaşayıp yaşamadığımızı bile fark etmeden ayrılıyoruz dünyadan.

Atılan ilk adım her zaman en önemli adımdır ve kendinizi nasıl tanıttığınız muhtemelen ilişkilerinizin gidişatını belirleyecektir. Aslına bakarsanız hayatım hakkında konuşmayı pek sevmem ve nasıl bir ilk adım atacağımı da bilmiyorum. Uzun cümleler kurmaktan kaçınırım ama kısa da olsa birkaç şey söylemeli insan. O halde tanışalım.

Adım Aras ve herkes gibi bir soyadım var. Her ne kadar sıklıkla kullanmasam da belki bilmek istersiniz tam adım Aras Demiröz. Hakkımda ne kadar az şey bilinirse o kadar rahat, mutlu ve huzurlu yaşayacağımı düşündüm hep. Yanıldığım da söylenemez. Bana ait olan her şeyi seviyorum ve sahibi olamadığım hiçbir şeyin düşmanı değilim. Yaşamın bu türünün çok daha keyifli olduğuna inanmakla birlikte zaman zaman düşmanı olduğum şeyler de oldu. Kendimle çeliştiğim konusunda hemfikiriz.

Haklısınız çelişkilerle dolu bir insanım ve inanın tutarlı biri olsaydım sizinle paylaşacak bir hikâyem olmayabilirdi.

Aslında her şey bir rüyayla başladı. Sahi rüyalara inanır mısınız? Ben inanmazdım. Ta ki aynı rüyayı birkaç kez görene ve gördüğüm her şeyi not almaya başlayana kadar. İnsanlar gördükleri rüyaların yüzde doksanını unuturlarmış ama bu öyle hemen olmazmış. Anlayacağınız uyandıktan sonra rüyanızın yüzde onunu yazmak için tam on dakikanız var. Tabii siz gördüklerinizin yarısını yazmak istiyorsanız elinizi daha çabuk tutmalısınız çünkü sadece beş dakikanız var. Tam üç yüz saniye. Ve ne yaparsanız yapın rüyanızın tamamını hatırlayamayacaksınız. Her seferinde en fazla yarısı ya da küçük bir bölümü tamamlanmış bir hikâyeye bakar gibi bakacaksınız rüyalarınıza...

Biraz daha kendimden bahsetmem lazım size yoksa tanışmamız pek mümkün olmayacak. Evet tahmin ettiğiniz gibi uyanır uyanmaz yüzümü yıkamıyorum. Telefonuma da bakmıyorum. Uyandığım her an yatağım ile cam kenarında olan masam arasındaki yaklaşık bir metrelik mesafeyi aşarak kâğıt kaleme sarılıyorum ve hemen aklımda ne varsa yazıyorum. Yazdığım her şey rüyamdan bir parça olmuyor elbette hatta rüya görmediğim, daha doğrusu hatırlamadığım zamanlarda bile bir şeyler yazıyorum. İçimden geldiğini sandığım şeyler belki de sadece rüyalarımdan ibarettir. Belki ben de onlardan ibaretim hatta her uyandığımda yazdığım kelimelerden...

Kendimi yazmaktan alıkoyamıyorum. Peki neden böyle bir şey yapıyorum diye kendime çok sordum ama bir cevap bulamadım. İnsan her uyandığında bir şeyler hatırlamak için kendini neden yorar? İnanın bunu ben de bilmiyorum ama şunu çok iyi biliyorum ki bir gün onu bulacağım. Aptalca bir şey yaptığımı düşünebilirsiniz. Bir rüyanın peşinden koşmak kimilerine anlamsız gelebilir, bense bununla ilgilenmiyorum. Sadece kalbimin sesini dinlemek istiyorum çünkü kalbimi hafife almaktan, sezgilerimi görmezden gelmekten korkuyorum. Siz sadece şunu düşünün, ya gördüğünüz rüyayı sizinle birlikte bir başkası daha görüyorsa?

Mayıs 2008
İstanbul Kadıköy'de bir bank

– Gazoz içer misiniz?

– Teşekkür ederim evladım.

– Lütfen buyurun, çantamda bir tane daha var.

– İçelim bakalım. E açacak var mı?

– Tabii bir saniye... Buyurun.

Bey amca gazozunu açıp kapağını ayak ucuna doğru atmıştı. Ondan açacağı alıp kendi gazozumu açtım ve kapağı da çantamın küçük gözüne koydum. Ardından az önce bey amcanın attığı kapağı da eğilip aldım ve aynı yere koydum.

– Koleksiyon mu yapıyorsun yoksa?

– Koleksiyon değil de seviyorum gazoz kapaklarını...

– Bütün içtiğin gazozların kapaklarını biriktiriyor musun?

- Aslında evet.

- Ben denize atsaydım peki ne olacaktı?

- Üzülürdüm sadece.

- Ha bir kapak eksik ha bir kapak fazla, ne fark eder evladım?

- Hayat öyle bir şey ki bir eksiğin de bir fazlanın da ne getirip ne götüreceğini yaşamadan bilemeyiz bey amca.

- Altı üstü gazoz kapağı yahu ne çok anlam yükledin.

- Öyle demeyin. Bir gazoz kapağı bazen bütün bir hayatı değiştirir.

- Nasıl oluyormuş o? Bir gazoz kapağı işte.

- Haklısınız. Tüm maddeler yüklediğiniz anlam kadar değer kazanıyor. Sizin için bir gazoz kapağı, benim içinse başka bir şey.

- Başka bir şey öyle mi?

- Evet başka bir şey.

- Neymiş şu başka bir şey? Anlatır mısın peki?

- Vaktiniz var mı?

- Dinlemek isterim evladım.

- Peki anlatayım o halde...

İkinci Bölüm

Farklı dünyaların insanları değiliz
ama aynı dünyanın başkalarıyız.

Kadıköy'de bir çatı katına taşındığımızda henüz on iki yaşındaydım. Dört katlı asansörsüz bir evin çatı katında ben, ağabeyim ve babam yaşamaya başlamıştık. Annem "Hayat bazen sadece sana sunulanlardan ibarettir..." derdi. O bazen hiç yaşamak istemediğim bir şeydi ama herkes bir gün sunulanı yaşarmış. Sakın bazı şeyleri kendiniz belirleyebileceğinizi düşünmeyin. Ben düşündüm, olmadı.

Eylül 1996
Kadıköy

- Ah be oğlum ne yaptın sen?
- Elimden kaydı baba.
- Of of... Koskoca çerçeveyi neden sen taşırsın ki?
- İsteyerek olmadı baba.

Döner merdivenden basamaklara çarpa çarpa düşmüştü içinde annemin ve kız kardeşimin fotoğrafının bulunduğu çerçeve, daha da kötüsü kırılmıştı. Çerçevenin kırılması bir yana fotoğrafın da bir kısmı yırtılmıştı ve ben babamı ilk kez bu kadar üzgün görüyordum. Babama suçunu kabul etmiş bir çocuk edasıyla gülümseyerek fotoğrafı yapıştırabileceğimi söyledim ama üzgünlüğün de verdiği sinirle beni itti ve sırtımı duvara çarpıp basamağa düştüm. Sağ ayak bileğimin hemen kenarının kesildiğini ise basamaklara bulaşan kan damlaları sayesinde anladım.

Bazen acıyı hissetmezsiniz, işte bu dünyanın en kötü şeylerinden biri çünkü bir acıyı hissedemiyorsanız çok daha büyük bir acının içinde kalmışsınızdır. Düştüğüm basamaktan kalkmadım. Kendimi sıkıyordum ama gözlerimin içinde taşmayı bekleyen damlalara engel olamıyordum. Ağladım ve bu belki de dünyanın en sessiz ağlayışıydı. Annemin ve kız kardeşimin cenazesinde dökemediğim ne kadar yaş varsa o gün döküldü. Kalkamadım. Hayat bize sunulanlardan ibaretti işte. Annem haklıydı. Sözleri de aklımdan çıkmıyordu. Babam ağladığımı dahi anlamadı. Fotoğrafı göğsüne dayayıp yukarı çıktı. Haklıydı, hayat arkadaşını ve kızını kaybetmişti. Peki ben? Tam da o an işte her şeyi kaybettiğimi düşündüm. Annem olsa hemen düştüğüm yerden kaldırırdı ama babamın gözü hiçbir şeyi görmüyordu.

Gıcırdayan kapının sesiyle kafamı kaldırdım. Ev sahibimiz hemen alt katta oturuyordu. Ayağımın kanadığını ve ağladığımı görünce:

– Koskoca delikanlısın, ağlanır mı hiç?

– Ağlanmaz mı?

– Eh biraz ağlanır tabii... Gel bakalım hallederiz şimdi.

Fahrettin Amca iyi kalpli bir insandı. Ayak bileğimde cam kırığı var mı diye kontrol ettikten sonra diğer odadan getirdiği küçük çantasından çıkardığı sargı bezi ile bileğimi sardı. "Sen biraz otur burada..." deyip içeriden meyve suyu getirdi ve içtim.

– Nasıl sevdin mi apartmanımızı?

– Sevdim çok güzel.

– Adın ne bakalım? Benim adım Fahrettin.

– Aras. Adım Aras.

– Memnun oldum Aras Bey.

– Ben de memnun oldum Fahrettin Amca.

– Yukarısı biraz küçük ama artık idare edeceksiniz.

– Eski evimiz sizinki gibiydi.

– Olsun, önemli olan evin değil gönlün büyüklüğüdür. İnsan her yere sığar evladım. Nasılsın daha iyi misin?

– İyiyim, ben ağabeyime yardım edeyim.

– Tamam evladım, bir şey olursa kapıyı çalarsın.

– Peki Fahrettin Amca.

Ağabeyim Ulaş benden beş yaş büyüktü ve çok iyi anlaştığımız söylenemezdi. Başka bakıyorduk hayata. Bu kadar aynılığın içinde başka baktığımız şeyleri bulabilmek güzeldi ama bunun farkında değildik. O gün babam bütün gün annemin ve kardeşimin fotoğrafını tamir etmekle uğraştı. Bir fotoğraf tamiri ne kadar zamanını alabilirdi ki bir insanın? Bütün zamanını almıştı babamın. Biz de ağabeyimle beraber kalan eşyaları yukarıya taşıdık. Çok fazla eşyamız yoktu, daha doğrusu eşyalarımızın büyük bir kısmını almamıştık. Bu çatı katı haddinden fazla küçüktü ama üçümüze yetmek zorundaydı çünkü babam öyle istemişti.

Bilmediğiniz bir mahalleye geldiyseniz her şeye yabancı olursunuz. Oysa eskiden her şey çok tanıdık ve bizdendi. Şimdi bambaşka bir yolculuğun içine girmiştik. Hareket etmiyorduk ama bu bir yolculuktu işte. Dağılan bir ailenin ayakta kalmasının ve kalplerdeki sevginin parça parça üzüntüye dönüşmesinin resmiydi.

Resim demişken harika resimler yaparım ya da yapardım desem çok daha doğru olacak. Ortaokula başladığım o yıl hayatımın en eksik yılıydı. Okul tarafından verilen listedeki hiçbir şeyi tamamlayamamıştım. En üzüldüğüm konu ise eksikliklerini bir ömür boyu tamamlayamayacağım annem ve kız kardeşimdi. Onların yokluğunun yanında diğer tüm yokluklar önemsiz kalıyordu.

Maddi durumumuz kötü değildi ancak babam bize olan ilgisini yitirmişti. Ne ağabeyimle ne de benimle ilgileniyordu. İlginç olansa ben onun bizimle ilgilendiğini düşünür gibi yapıyordum ve buna kendimi inandırıyordum. Evimizde huzur yoktu çünkü babam iyi değildi ve biz de iyi olamıyorduk. Ağabeyim her şeyi daha iyi anlasa da anlamak istemiyordu ve huzursuzluğumuz günden güne artıyordu.

– Baba okuldan eşofman takımı istediler. Alacak mıyız?

– ...

– Baba?

– ...

Yine uyumuştu. Bir oda bir salondan oluşan bir çatı katıydı burası ve küçük olan odada ağabeyimle ikimiz yatıyorduk. Babam ise salondaki divanda tek başına uyuyordu. Hemen hemen her gece sızıp kaldığını söylesem çok daha doğru olur.

Eski evimizi çok özlüyordum ama o hayata geri dönmenin çok mümkün olmadığını artık anlayabiliyordum. Ahşap karyolalarımız yerini sağa sola döndüğümüzde çokça ses yapan demir karyolalara bırakmıştı. Duvarlarımız boyalıydı ama boyasız gibi duruyordu. Çok eski bir ev olmamasına karşın gözüme bir harabe gibi görünüyordu. Zaman içinde bu duruma da alışıyordum ama içten içe mutsuzluğumu gizleyemiyordum.

Ertesi gün okuldan döndüğümde yatağımın karşısındaki duvara asılı bir çerçeve gördüm. Çerçevenin içinde "Kimseye güvenme" yazıyordu. Babamı uyandırmadan üzerimi değiştim, evden dışarı çıkıp birkaç basamak inmişken arkamdan bağırdı.

- Aras.

- Geliyorum.

- Gördün mü duvardaki yazıyı?

- Gördüm baba.

- Ne yazıyor?

- Kimseye güvenme.

- Bu hayatta kimseye güvenmeyeceksin. Ağabeyin nerede?

- O gelmedi henüz.

– O gelince onunla da konuşacağım. Al şu parayı git bakkaldan zeytin peynir bir şeyler al yiyelim.

– Peki baba.

Merdivenlerden aşağı inerken ikinci katta burnuma çok güzel bir patates kızartması kokusu geldi. Evet en sevdiğim şeylerden biri buydu, patates kızartması. Ve tabii ki yanında gazoz. Bakkala gidip babamın söylediklerini aldım, kalan paranın bir kısmıyla da kendime bir şişe gazoz aldım.

– Açayım mı gazozu?

– Evet.

– Siz yeni mi taşındınız?

– Evet.

– Nereye taşındınız?

– Fahrettin Amca'nın evine.

– İyi bakalım. Al paranın üstünü...

– Kapağı da alabilir miyim?

– Al tabii...

– Kolay gelsin.

Bir elimde poşet bir elimde gazozla merdivenlerden çıkıp eve geldim. Tabii merdivenleri çıkarken İkinci katın basamağında biraz oturup patates kızartmasının kokusunu içime çekerek gazozumdan birkaç yudum aldım. Yemiş kadar olmuştum işte... Yukarı çıktığımda kapımız açıktı, hemen içeri girdim ve poşeti salondaki masanın üzerine bıraktım.

– Ne o elindeki?

– Gazoz.

– Ben bilmiyor muyum onun gazoz olduğunu? Sordun mu bana alayım mı diye?

– ...

– Bir daha benden izinsiz bir şey alınmayacak. Sözümden dışarı çıkılmayacak.

O gün babamdan ilk tokadı yemiştim. Sol kulağımdaki çınlamayı bugün bile unutamıyorum. Gazoz bir yana ben bir yana savrulmuştuk. Canım yanıyordu ama bu yediğim tokadın acısı değildi. Haksızlıktı bu ama bir şey diyemiyordum.

– Doğru odana! Çıkmayacaksın odandan.

Yatağıma yatıp bekledim. Beklerken uyumuşum. Uyandığımda saat sekize geliyordu, artık akşam olmuştu ve ağabeyim çoktan gelmişti. Gazoz kapağı elimde uyumuşum ve avucumun içinde öyle bir sıkmışım ki kapağın tüm izi elime geçmiş. Gözlerimi ovuşturarak yataktan kalktım ve salona gittim. Ağabeyim televizyon izliyordu.

– Uyandı mı beyimiz?

– Geliyorum ağabey hemen.

– Nereye gidiyorsun?

– İşim var geleceğim.

Yine aynı rüyayı görmüştüm. Annemi ve kız kardeşimi kaybetmemizin üzerinden henüz üç ay geçmişti ve ben hep benzer rüyalar görüyordum. Bir gün görmesem diğer gün aynı rüyayı görüyordum. O gün gördüğüm her rüyayı yazmaya karar verdim. Rüyalarımda ses yoktu ama annemi görüyordum. Her seferinde aynı yolda bana doğru birkaç adım atıyordu ama bir türlü yanıma gelemiyordu. Bense yerimden kıpırdayamıyordum. Yine de annemi görmek dünyanın en güzel şeyiydi. Rüyalar olmasa kaybettiklerimizi bir daha göremezdik, o yüzden bu bizim için büyük bir şanstı.

Ağabeyime rüyalarımdan bahsetmiyordum çünkü ona bu durum çok aptalca geliyordu. Çocukluğuma veriyordu. Kendi de çok büyük sayılmazdı ama ben henüz çocuktum. Üniversite sınavına hazırlanıyordu ve şehir dışında bir üniversite kazanmasından korkuyordum. Bu korku babamdan yediğim ilk tokadın acısı ile daha da çoğalmıştı. Ağabeyim de kendine göre haklıydı, kendi hayatını yaşamak istiyordu ve ben ona ayak bağı olamazdım. Babama gelince onun aklından geçenleri tahmin bile edemiyordum.

– Nerede kaldın Aras? Gel bir şeyler yiyelim.

– Geliyorum ağabey.

– Gerçi sen yemişsindir yatmadan ama acıkmışsındır şimdi yine.

– Evet ağabey yemiştim ama acıktım.

– Dön bakayım bir şöyle. Ne oldu senin yanağına?

– Bir şey olmadı ki?

– Nasıl bir şey olmadı? Kızarmış hatta morarmış gibi...

– Üzerine yattım ağabey ondandır.

– Kavga mı ettin okulda?

– Yok.

– Doğru söyle.

– Etmedim. Üzerine yattım ondan olmuştur.

– İyi bakalım öyle olsun.

Ağabeyimle her ne kadar anlaşamasak bile o iyi biriydi ve beni düşünüyordu. Bir ağabeyiniz varsa uzun bir süre çocukluğun tadını çıkarabilirsiniz. Ben de öyle yaptım. Ağabeyim ağabeyliğini bense kardeşliğimi yapıyordum. Bu hikâyedeki tek sorun babamdı çünkü o rolünü oynamaktan vazgeçmişti.

Gece yarısı olmuştu ama babam hâlâ gelmemişti. Uyumamıştım. İstemsiz bir korku vardı içimde... Ağabeyim uyumuştu, ben de uyuyor gibi yapıyordum ama uyuyamamıştım. Bir süre sonra kapının açıldığını duydum. Gelen babamdı. Bir şarkı mırıldanıyordu ama şarkıyı anlayamıyordum. Odamızın kapısı açıktı, zaten salondan bizim odamıza açılan bir kapı vardı ve kapatmıyorduk. Babam odaya doğru seslendi.

– Hişşşt. Uyudunuz mu?

Cevap vermekle vermemek arasında tereddütte kalmıştım çünkü kızacağından korkuyordum. Sustum. Biraz sonra mırıldandığı şarkısına ara vererek içeriye doğru yeniden seslendi.

– Hişşşt. Uyudunuz mu diyorum?

Bu sefer cesaretimi topladım. Belki de bir şeye ihtiyacı vardı, tüm korkumu gözbebeklerimin arkasına saklayıp minik adımlarla salona doğru ilerledim. Beni görünce önce sakin bir şekilde baktı sonra yanına çağırdı.

– Gel bakalım buraya. Niye uyumuyorsun oğlum sen?

– Sesini duyunca uyandım baba.

– Ağabeyin uyudu mu?

– Uyuyor baba.

– Git sen de uyu bakayım.

– Peki baba.

Bu sefer kızmamıştı. Neden kızdığını da neden kızmadığını da anlamıyordum. Bildiğim tek bir şey vardı o da babamın iyi bir insan olduğuydu. Öğlen attığı tokadı çoktan unutmuştu. O kadar çok istedim ki o an bana sarılmasını... Sarılmadı.

Kız kardeşimin küçük ayısıyla artık ben yatıyordum. Onları yanımda hissetmek dünyanın en güzel şeyiydi. Aydınlıkta uyumak benim için zor oluyordu ve babamın salonda yaktığı ışık odayı aydınlatıyordu. Aslında odayı aydınlatması da bir yana henüz ısınamadığım bir yazıyı okumama sebep oluyordu:

"Kimseye güvenme."

Sabah kendi kendime uyanmıştım ve ağabeyim hâlâ uyuyordu. Hemen masaya fırlayıp rüyamdan aklımda kalanları yazmaya başladım. Yine annemi görmüştüm ve doyasıya sarılmıştık. Rüyalar dünyada olmayan birini var gibi hissettirebiliyor. Belki de daha fazlasını...

– Hey! Gürültü yapma be Aras.

– Ses yapmadım ki?

– Takır tukur bir şeyler yazıyorsun. Git elini yüzünü yıka, okula geç kalacaksın.

– Sen de kalk o zaman, sen de geç kalacaksın.

– Bana akıl verme. Hadi ben kalkmadan banyodaki bütün işlerini bitir. Kalkınca seni bekleyemem.

– Tamam ağabey.

– E hadi. Hâlâ yazıyorsun. Ne yazıyorsun?

– Rüyamı yazıyorum.

– Hasta mısın oğlum sen? Hadi hadi...

– Tamam.

Küçük olmanın tek kötü yanı buydu işte. Kimse yaptıklarınızı önemsemiyordu. Uyanır uyanmaz rüya yazmak aptalcaydı onlara göre... Peki uyanır uyanmaz yüzümüzü yıkamak altın bir kural mı? Beş on dakika sonra yıkasak ne olur? Ne kaybederiz? Ben bir şey kaybetmezdim ama bunu anlatmak için büyümem lazımdı.

En çok istediğim şey bir an önce büyümekti. Büyüdüğümde hayatım kendime ait olabilirdi ama şu an öyle bir şey mümkün değildi. Hazırlandım, tam evden çıkacakken babamla göz göze geldim.

– Döndün mü okuldan?

– Yok baba. Şimdi gidiyorum.

– İyi çabuk git.

– Tamam baba.

– Paran var mı?

– Yok baba.

– Al cebimden birkaç bir şey...

– Tamam baba.

Bir gazoz parası almıştım bir de simit. Merdivenlerden inerken Fahrettin Amca kapıyı açtı. Gülümseyerek yoluma devam edecekken:

– Günaydın Aras.

– Günaydın Fahrettin Amca.

– Allah zihin açıklığı versin evladım.

– Teşekkür ederim Fahrettin Amca.

– Al bakalım şunu.

– Harçlığım var.

– Al oğlum. Ben sana sordum mu harçlığın var mı diye? Al sen.

– Teşekkür ederim.

– Hadi bakalım. Okul dönüşünde uğra bana.

– Peki uğrarım.

Fahrettin Amca babamın göstermediği şefkati gösteriyordu bana. İçten içe mutlu ediyordu bu durum beni. Merdivenleri inmeye devam ettim. İkinci katta sabahın o saatinde yine patates kızartması kokusu vardı. Patates kızartmasını yine doya doya kokladığım sırada kapı açıldı ve içeriden o çıktı. Leyla. Bütün çocukluğumu paylaşacağım kişiydi o işte.

– Ben seni gördüm okulda.

– Aynı okulda mıyız?

– Evet. Sen nasıl gidiyorsun?

– Yürüyorum. Sen?

– Servisle gidiyorum.

– Anladım.

– Okulda teneffüslerde konuşabiliriz.

– Tamam.

– Hiç arkadaşın var mı burada?

– Yok.

– Ben?

– Arkadaş mıyız?

– Olalım.

– Tamam. Aras ben.

– Leyla.

Kapının önünde onu servis bekliyordu, ben ise yürüyecektim. Yürümeyi oldum olası çok sevmişimdir ama okula servisle gitmek çok daha rahat olabilirdi. Öğle arasında sınıfa yanıma geldi. Elinde ekmek arası patates kızartması vardı. Yemem için bana uzattı. Kabul etmedim.

– Sevmez misin?

– Severim.

– O halde ye hadi.

– Sen?

– Bir ekmeğim daha var.

– İki tane mi yiyorsun her gün?

– Evet, çok seviyorum.

– O halde yine yiyemem.

– Bugün bir tanesi yeter bana.

– Simit alacaktım ben. Yer misin?

– Yerim tabii ki. Kantinden almayalım ama. Okulun dışındaki simitçiden alalım. Onun simidi daha güzel.

– Tamam.

– Ye o zaman şu patates kızartmasını...

– Teşekkür ederim.

Evde yapılan patates kızartması dünyanın en güzel patates kızartmasıdır. Anne tipi patates kızartmasına asla hayır diyemem. O gün de hayır diyememiştim. Ekmeklerimizi yedikten sonra gidip simit aldık ve simitçiye ikiye böldürdük. Çocukluğun en güzel yanı işte buydu. Simitçinin adaletine güveniyordunuz. İki eşit parçaya böleceğini biliyordunuz. Kantinden de iki gazoz aldık ve okulun bahçesinde oturup içmeye başladık. Gazoz kapaklarını cebime attım.

– Benimkini bana verir misin?

– Biriktiriyor musun ki sen?

– Yok ama ver, saklarım.

– Tamam.

O gün güzel bir arkadaş kazanmıştım. Belki de o an için ihtiyacım olan tek şey buydu. İyi bir arkadaş... Eve döndüğümde önce Fahrettin Amca'nın yanına uğradım. Kapısını çaldım, sanki beni bekliyormuş gibi hemen açtı. Elindeki çantayı elime tutuşturup, "Bunlar senin" dedi. "Teşekkür ederim" deyip merdivenleri çıkmaya devam ettim. İçim içimi yiyordu, acaba çantanın içinde ne vardı diye merak ediyordum.

Eve girdiğimde babam evde yoktu, ağabeyim de henüz gelmemişti. Üzerimi değişmeden hatta ellerimi yıkamadan hemen odaya geçip çantayı açtım. Çantanın içinde bütün okul eksiklerim vardı. Dünyanın en mutlu çocuğu olmuştum o an. Fahrettin Amca çantanın içine dünyaları koysa bu kadar mutlu olmazdım, olamazdım.

Üçüncü Bölüm

Bazı acılar anlatılmıyor.
Yaşadığınız zaman hissedebiliyorsunuz hepsi bu.

Zaman bazen umduğunuzdan hızlı geçer bazense geçmek bilmez. Benim çocukluğum çok hızlı geçti. Anlamadan bitti diyemem ama bir kısmını yaşayamadığımdan eminim. Fahrettin Amca'nın üzerimizdeki emeği çok büyüktü. Hem bana hem ağabeyime destek oluyordu. Babamsa tam tersini yapıyordu. İyiden iyiye alkolün esiri olmuştu ve biz de onun esiriydik her ne kadar istemesek de...

Zaman zaman büyük zaman zaman küçük dayaklar yiyorduk. Ben nedense alışmıştım bu duruma kimseye söylemiyordum ve olandan bitenden kendime bile bahsetmiyordum. İnsan kendine anlatmadığı şeyleri yaşamamış gibi kabul edebiliyordu ama kabul ettiğimiz her şey maalesef gerçeklerle örtüşmüyordu.

Ağabeyim benim gibi değildi. Evdeki şiddet onu daha da asabi ve duyarsız yapıyordu. Babamla ilgili hiçbir şey duymak istemiyordu ve beni de dinlemiyordu. Onun hayali ikimizi kurtarmaktı, benim hayalimse yeniden aile olmaktı. Çok başkaydık ağabeyimle ama bazen onun gibi olmayı her şeyden çok istiyordum.

Aradan geçen aylarda değişen hiçbir şey yoktu ama ben kendimce çözümler bulmakta zorlanmıyordum. Okulun tekvando kulübüne yazılmıştım ve her şeyin üzerini örten işte o kulüptü. Dövüşüyordum ve müsabakalarda bile bile darbeler alıyordum. Bana tekme dahi atamayacak rakiplerden tekme yiyordum sırf bazı izler kapansın diye...

Ağabeyim tüm bunların farkındaydı ve benim aptal olduğumu düşünüyordu. Bir gece yataklarımıza uzanmış konuşurken:

– Ben böyle yaşamak istemiyorum Aras.

– O kadar da kötü durumda değiliz ağabey.

– Ondan bahsetmiyorum. Maddi zorluklarla elbette başa çıkabiliriz ama babamın bu halinden artık bıktım.

– Düzelmez mi?

– Umudum kalmadı.

– Benim hep umudum var, düzelecek.

– Sen kendini kandırmaya devam edebilirsin, ben düzeleceğine inanmıyorum.

– Ne yapacaksın peki?

– Gideceğim.

– Gerçekten mi?

– Evet üniversiteyi başka bir şehirde okuyacağım. İstersen benimle gelebilirsin.

– Peki ağabey.

– Gelir misin?

– Bilmiyorum.

– Tamam iyi geceler...

– İyi geceler.

Ağabeyimle ne olursa olsun anlaşamıyorduk ve anlaşamayacaktık. Başka şeylere inanıyorduk ve ikimiz de umudumuzu kaybetmek için çok küçüktük. Benim görebildiğim tek şey buydu işte: Umut.

Herkesin hayatında bazı zamanlar olur hiçbir şeyin iyiye gitmediği ve gideceğine de inanılmadığı... O zamanları yaşıyorduk işte. Neler olacağı konusunda en ufak bir fikrim yoktu ama kalbimi iyiye güzele inandırmaya çalışıyordum. Umut etmekten vazgeçmek istemiyordum çünkü yapabileceğim başka bir şey yoktu.

Gereksiz şeylere gereksiz anlamlar yüklüyordum belki de en büyük hatam buydu. Bu bir hatadan daha fazlası da olabilirdi elbette. Kendime özel anlamlarım vardı. Hiç kimse için bir şey ifade etmeyen şeyler benim için en güzel anlamlara gelebiliyordu. Bu belki çocukluktu belki de bir tutunuş. Evet evet bunun adı bir tutunuş olabilir. Size ve söylediklerinize sizden başka inanan yoksa etrafınızda mecburen kendinize tutunursunuz ve anlam yüklediğiniz şeylere...

Evimizden eksik olmayan bazı şeyler vardı ve tatlarını en az babam kadar seviyorum. Eski kaşar, küçük domatesler ve beyaz leblebi... Maalesef bir de alkol. Saplantı haline gelmişti babamın durumu. İçmediği gün daha asabi oluyordu ve evi daha da yaşanmaz hale getiriyordu. Alışmıştım ama inanın alışmak tahammül etmenizi kolaylaştırmıyor. Hatta böyle durumlarda alıştığınız için kendinize kızabiliyorsunuz. Beni mutlu eden tek şey kendime ait bir hikâyemin oluşuydu, başka da bir şey yoktu.

Uyandığımda mavi rüya defterime koştum ve gördüklerimi yazdım. Gördüklerimden kimseye bahsedemiyordum. Ağabeyim dahi beni dinlemezken babama hiçbir şey anlatamazdım. Yapabildiğim tek şey yazmak ve biriktirmekti.

- Hep biriktirecek misin gazoz kapaklarını?

- Evet Leyla.

- Sonsuza kadar mı?

- Bilmem biriktiririm herhalde.

- Ben de biriktireceğim.

- Beyaz leblebi yer misin?

- Gazozla mı?

- Evet, çok güzel oluyor.

- Tamam yerim.

Belki de beni o sıralar anlayan tek insan Leyla idi. Aynı yaşta olmamız ya da aynı okulda olmamız değil de aynı şeyleri sevmemizdi bizi yakınlaştıran. O gün de bir müsabakam vardı. Yaralarımı gizlemenin en kolay yolu buydu. Biliyor musunuz dayak insanın canını bir süre sonra yakmıyor. Canınızı yakan tek şey yediğiniz dayağın sevdiğiniz birinden gelmesi oluyor. En acısı da babanızdan.

Bütün müsabakalarda bile bile darbeler almaya devam ediyordum ve en çok müsabakaya yine ben çıkıyordum. Böylelikle vücudumda oluşan ufak tefek yara izlerini kolayca saklayabiliyordum.

Acı demişken bazı acılar anlatılmıyor. Yaşadığınız zaman hissedebiliyorsunuz hepsi bu. İçinizde bir yerde sıkışıp kalıyor. Ne anlatmaya gücünüz yetiyor ne de içinizden atmaya... Bir şekilde katlandığınız her şey gün geliyor katlanılmayacak bir hal alıyor ama sevgi ve inanç her şeyin üzerini örtebiliyor.

Bazı günler okuldan eve dönmek istemiyordum çünkü evde bulamadığım huzuru okulda ve sokaklarda buluyordum. Bir de Fahrettin Amca'nın umut veren sözlerinde tabii... Bir yerlerde bir şeyler kötü gidiyorsa başka bir yerlerde karşınıza mutlaka iyi insanlar çıkar. Fahrettin Amca da o insanlardan biriydi.

Haftanın belli günlerinde ellerinde çantaları ile dairesine birileri geliyordu. Hatta birkaç defa gelen kişilere bağırdığını da duydum. Bir anda çok sinirli ve acımasız bir insan olabiliyordu. Oysa ben onu en iyi haliyle tanımıştım. Oturduğumuz dairenin ve bütün apartmanın sahibi oydu. Leyla'ya göre bütün mahalle hatta Kadıköy tamamen onundu.

– Bizim evin sahibi de Fahrettin Amca.

– Biliyorum Leyla bütün apartman onun.

– Hayır diğer apartmanda oturan arkadaşımın babası da Fahrettin Amca'ya kira ödüyor.

– O evler de mi onun?

– Bilmem ama kira aldığına göre onundur.

– Evet. Senin baban ne iş yapıyor?

– Matbaada çalışıyor.

– Ne yapılıyor orada?

– Tam bilmiyorum, bir şeyler basıyorlar sanırım.

– Anladım.

– Senin baban çalışmıyor mu?

– Emekli oldu.

– Buraya neden taşındınız?

– Annem ve kardeşim öldüğü için.

– Üzülme sen, ben hep yanında olurum.

– Tamam.

Üzülüyordum. Babam eski evimizde yaşamaya tahammül edebilseydi belki de her şey çok daha iyi olurdu. Şimdi bu çatı katında yaşamak zorunda kalmazdık. Çatı katına da razıydım keşke babam eskisi gibi kalabilseydi, kalamadı. Her geçen gün daha da asabi oluyordu. Gece söylediklerini gündüz unutuyordu. Neler yapabileceğini tahmin dahi edemiyorduk. Bu durumdan her ne kadar şikâyet etmiyor gibi görünsem de şikâyetçiydim ama ağabeyimi daha da fazla etkilemek istemiyordum. Her seferinde bir gün çekip gideceğini hissettiriyordu ve bu beni en korkutan şeydi.

Teyzemden bahsetmedim size çünkü annemle birlikte o da öldü aslında. Daha doğrusu bizim için öldü, çok daha doğrusu biz onun için öldük. Bizimle ilgilenmiyordu ama sebebini de bilemiyordum. Olanların sorumlusu elbette ne ağabeyim, ne ben, ne de babamdı ama teyzem bizden tamamen uzaklaşmıştı. Eskiden az da olsa ilgilenir, durumumuzu sorardı, artık ilgilenmek bir yana aramıyordu bile.

Hikâyeler hep değişir ve kimin hikâyesini yaşadığınızı size sadece zaman öğretebilir. Ben de zamana bırakmıştım her şeyi, en çok da kalbimi ve içimden geçenleri... Rüyalarım olmasa çok daha yalnız kalırdım. Beni bu zorlu süreçte ayakta tutan şey belki de sadece gördüğüm rüyalardı. Aslında biliyor musunuz insanı rüyalar da ayakta tutmaz. İnsanı ayakta tutan tek şey inancıdır ve her inanç bir umudun devamıdır. Ve ben devamları severim en az rüyalar kadar...

Aptallığıma doyamadığım günler birbirini kovalıyordu ve çocuk kalbim her seferinde biraz daha yıpranıyordu. Şimdi düşününce çocukluğuma dair en iyi yaptığım şeylerden birinin tekvando kulübüne katılmak olduğunu çok daha iyi anlıyorum. Biraz daha babamdan bahsedeyim size. Emekli olur kendileri. Tersaneden emekli hem de... Gemileri belki de onun yüzünden bu kadar çok seviyoruz. Tersane demişken bilmeyenler vardır belki, gemilerin inşa edildiği ve onarıldığı yere denir. Evimizde birçok gemi maketi vardı ama bu çatı katına hiçbirini getirmedik. Babam geçmişle ilgili olan ne varsa silip attı hayatından... Geçmişe dair tek iz belki de ağabeyimle benim. Ulaş ve Aras. İsimlerimizi babam koymuş. Annem hiç karışmamış bu duruma. Neden olduğunu bilmiyorum. Bildiğim şeylerden biri ise babamın bizi annem kadar sevmediğidir. İnsan evlatlarını nasıl sevmez diye düşünenler olacaktır. Ben de çok düşündüm ve uzun yıllar boyunca hiçbir cevap bulamadım.

Belki de eşini çok sevdiği için bize verecek sevgisi kalmamıştır diye de düşünmedim değil. Kız kardeşimizi sevmediğini söyleyemem tabii... Onun yeri hep ayrı oldu. Ağabeyim de ben de hiçbir zaman onun kadar şımartılmadık. Babalar kız çocuklarına düşkündür derler. Bunun nedenini de ona bağlıyorum.

Annemi ve kız kardeşimi hayatının merkezine koymasaydı belki şu anda hâlâ bir aile olabilirdik. Eski evimizden buraya sadece annemin matruşkalarını getirdik. İç içe geçmiş bebekler işte. Annemin matruşkaları... Ne zaman dokunsam onlara annemi hissediyorum. Ne zaman elimi alıp okşasam sanki annemin yüzünü avuçlarımın arasında tutuyorum.

– Onlar oradan alınmayacak demedim mi?

– Baba sadece birazcık elimde tutuyorum, yerine koyacağım.

– Ya sen beni neden dinlemiyorsun? Dayak mı istiyorsun?

Ağabeyim babamla aramıza girmişti ilk defa:

– Baba bir daha bize vurmayacaksın.

– Ne diyorsun sen kapa çeneni, kırarım kafanı!

– Vurmayacaksın işte. Her yerimiz yara bere. Okulda öğretmenlerden dayak izlerini saklamaktan yoruldum. Bize böyle davranamazsın.

– Ne haliniz varsa görün. Defolun gidin o zaman!

– Gideceğim.

– Bunu da götür.

– Onu da götüreceğim merak etme.

– Geçin odanıza televizyon falan yok size...

Odamıza geçtiğimizde ağlıyordum. Dayak yediğimde bile ağlamam ama o akşam ağlıyordum işte. Hem de babam sırf "Bunu da götür" dediği için. Adımı bile söylememişti. Ben onun için hiçbir şey ifade etmiyordum. Bunu kabul etmek dünyanın en zor şeyiydi o an benim için...

Bir şarkı duymaya başladık. Yine içecekti babam ve müziğini hazırlamıştı ama bu sefer başka bir şey çalıyordu. Bu başka şey biraz da benim hayatıma yön veriyordu.

"Rüyalarım olmasa..." diyordu plaktan yükselen ses... Sanki evin içinde söylüyordu birisi... İşte bu sevdiğiniz bir şarkıyı plaktan dinlemenin vermiş olduğu en muhteşem keyifti. Size özel bir konser gibi... Müziği de içindeki her boşluğu da hissediyordunuz ve ben o gece o şarkıyla uyudum. "Rüyalarım olmasa..." diyordu. Olmasa yaşayamazdım.

Her sabah yaptığım gibi kalktım ve hemen rüya defterime gördüklerimi yazdım. Dünyanın en güzel işaretleri rüyalarda gizliydi. Ve ben o işaretleri çok seviyordum. Artık yazdıklarımı saklamaya başlamıştım çünkü ağabeyim bundan rahatsızdı ve saplantı haline getirdiğimi düşünüyordu. Belki de bu bir saplantıydı ama beni ayakta tutuyordu ve ben ayakta kalabilmek için bir ömür rüyalarımı yazabilirdim.

Okula gitmek için evden çıkacağım sırada babam evde yoktu. Divanın üzerinde uyuyor olması gerekirdi ama dışarı çıkmıştı çünkü ayakkabıları da yoktu. Ben de mutfaktan bir parça ekmek alıp arasına eski kaşar koydum ve merdivenlerden inmeye başladım. Fahrettin Amca beni bekliyordu.

- Aferin sana hiç geç kalmıyorsun Aras.
- Teşekkür ederim Fahrettin Amca.
- Al bakalım şunları da...
- Teşekkür ederim.
- Allah zihin açıklığı versin.

Fahrettin Amca apartmana taşındığımız günden beri bir şekilde bana yardım ediyordu. Babamın bizimle ilgilenmediğini anlamış olacak ki okul harçlığıma kadar veriyordu. Merdivenleri inerken hep mutlu olmuşumdur çünkü her gün aynı saatte tüm merdiven boşluğu patates kızartması kokuyordu. Belki de bu kokuyu alan sadece bendim. Leyla merdivenin başında beni bekliyordu.

- Hadi gidelim Aras.
- Servisle gitmeyecek misin?
- Hayır ben de yürüyeceğim, hava çok güzel.
- Annen kızmaz mı?
- Kızmaz.
- Tamam o zaman.

Leyla'nın varlığı bana iyi geliyordu. Farkında değildi ama ailem olmuştu. Onda kaybettiğim annemi ve kız kardeşimi buluyordum. Tabii bunu ona hiçbir zaman söylemedim. Biz iki çok iyi arkadaştık. Yani en azından ben öyle sanıyordum.

Dördüncü Bölüm

Karşınızda bir çocuk varsa
durum ne olursa olsun haklı olan odur.

Zamanın ne kadar hızlı geçtiğini sadece kaybettiklerinize bakarak anlayabiliyorsunuz. Ağabeyim üniversite sınavını kazanmıştı, Eskişehir'e gidecekti. Bense artık babamla yalnız kalacaktım. Bu durumdan babama bahsetmemişti, zaten babam da onun okul durumuyla pek ilgilenmiyordu hatta hiç.

O sene ilk defa karnemi göstermedim babama. O da sormadı. Şimdi düşünüyorum da en azından okumamıza engel olmadı. Eğer bizi okutmasaydı bu hem ağabeyim için hem de benim için büyük bir yıkım olurdu. Bir şeyimizi eksik ettiğini söyleyemem. Elbette eksikleri vardı ama çok büyük sorunlar yaşamıyorduk. Ağabeyimi de beni de rahatsız eden tek şey yaptıklarını unutması ve her seferinde şiddete başvurmasıydı.

O sene ortaokullar arası bir turnuvaya katıldım ve kazandım. Nasıl kazandın derseniz eğer acıya alıştığınızda kazanıyorsunuz derim. Hissetmediğiniz her darbe sanki vücudunuza değen bir kuş tüyü gibi uçup gidiyor. Daha büyük acılarınız varsa küçük acılar asla canınızı yakmıyor ve sizi yıkamıyor. Acıya alışkınım ama daha da alışkın olduğum bir şey varsa o da merhamet.

Bizim sokakta Çapraz lakaplı adını bilmediğim bir adam var. Neden çapraz dedikleri konusunda bir fikrim yok ama merak etmiyor da değilim. Bir keresinde ona bir şişe gazoz ve biraz beyaz leblebi verdim. Hiçbir şey söylemedi ama gözleriyle teşekkür ettiğini hissetmemek mümkün değildi. Ağabeyime ondan bahsettiğimde, böyleleriyle konuşmamam, onları gördüğümde yolumu değiştirmem gerektiğini söyledi. Her zamanki gibi onu dinlemedim. Herkesin Çapraz dediği ve kendi sokaklarda olmasına rağmen köpeklere yiyecek bulmaya çalışan birinden zarar gelmez diye düşündüm.

Fahrettin Amca'ya da Çapraz'dan bahsettim ama ilgilenmedi. Ona göre sokaklarda her zaman birileri yaşayacaktı, asıl mesele sokağa düşenlerden ve orada yaşamak zorunda kalanlardan olmamaktı. Peki neden el uzatmıyorduk diye düşündüm çocuk aklımla ve şu sonuca vardım: Dünyadaki herkesin kendine yetecek kadar derdi hep vardı ama merhamet kalp dinlendiğinde ortaya çıkardı.

Ben kalbimi dinlemekten vazgeçmeyecektim.

Ağabeyimle olan konuşmalarımız gün geçtikçe kötüye gidiyordu. Kafasına koyduğunu yapan biriydi ve ne pahasına olursa olsun gidecekti ama benim de onunla gelmemi istiyordu. Yapamazdım. Aslında yapmak zor olmazdı ama babamı bırakmak merhametimi unutmaktı. Her şeyin iyi olacağına inanıyordum. Evet hiç kimse buna inanmasa da ben inanıyordum. Benimle birlikte inanan bir kişi daha vardı tabii... Leyla. Birçok şeyi bilmese de üzüldüğümü ve yıprandığımı görüyordu Ve her seferinde bana umut oluyordu.

– Ağabeyinin gitmesi dünyanın sonu mu Aras?

– Dünyanın değil ama benim sonum olabilir.

– Olamaz.

– Gülme işte, olabilir.

– Ben varım.

– Evet varsın ama babamla yalnız kalacağım.

– Tamam ama sen zaten babanı çok seviyorsun.

– Evet çok seviyorum.

– Peki sorun ne?

– Sorun yok.

– O zaman gülümse.

– Sen de...

Leyla'ya olanı biteni anlatamazdım. Kendime bile anlatamıyordum. Bir başkasına anlatmak hiç mümkün değildi. Sahi sizin de anlatamadığınız şeyler oldu mu? Muhakkak olmuştur değil mi? Her insanın dışından içine taşıdığı ve bir ömür kalbinde sakladığı başka bir hikâyesi vardır. Benim hikâyemin bu olmasını istemiyordum. Kalbimde sakladığım şeyin ise beni bulması için her gün en inançlı halimle dua ediyordum. En inançlı halim dediysem şaşılacak bir şey yok. İnsan bazen bazı umutlarının gerçekleşeceğine çok daha fazla inanır. Bu da sadece onlardan biriydi işte.

Babam eve belli belirsiz saatlerde gelmeye devam ediyordu ve zaman zaman da şiddete başvuruyordu. Eskisi gibi değildi artık. Asabi halleri azalmıştı ama içindeki gerginlik bize yansıyordu. İçinde bulunduğumuz bu durumdan kurtulmak istediğini bile düşünmeye başlamıştım. Hatta bunu ağabeyime de anlattım ve her şeyin güzel olacağına inanmasını istedim. Tabii ki inanmadı. İnanmazdı o böyle şeylere... Ona göre iyi giden şeyler hep iyi, kötü giden şeylerse hep daha kötüye giderdi.

Ben hiçbir zaman böyle düşünmedim ama zaman hep onu haklı çıkarıyordu. O gün de babamla tartışmıştı ve babam yine şiddete başvurmuştu. Ağabeyim evden çıktıktan sonra dolaptan bir gazoz aldım, masanın üzerinden de bir kâse beyaz leblebi... Bir de patates kızartması olsa dediğim sırada kapı çaldı ve gelen Leyla'ydı. Keşke başka bir şey isteseydim. Leyla'nın gelişinden çok patates kızartmasının gelişine sevinmiştim ama bunu ona söylemedim.

– Hoş geldin.

– Baban dışarı çıktı az önce gördüm.

– Evet zaten o varken gelmesen daha iyi.

– Ne yapıyorsun?

– Gazoz içiyorum, bir de beyaz leblebi yiyorum tabii...

– Patates kızartması getirdim.

– Sen olmasan yiyemeyeceğim bu güzel şeyi.

– Ben varım Aras. Olmasam diye bir şey yok.

– Evet iyi ki varsın Leyla.

– Sen de Aras.

Odamda oturup patates kızartmasını yedik ve gazozlarımızı içtik. Sonra beyaz leblebileri cebimize koyup sokağa indik. Sokakta Çapraz'ı gördüm ve cebimden biraz leblebi çıkarıp ona verdim. Yine konuşmadı ama gülümsedi. Hem arkadaştık hem değildik. Hiç tanımadığınız bir insan bile bazen umudunuz olabilir ve bunu sadece zaman öğretir. Çapraz da benim umudumdu aslında... Onun başını sokacak bir evi yoktu ama benim vardı. İçinde huzur olmasa da başınızın üzerindeki bir çatı her zaman için iyidir. Yağmur başladığında bunu daha iyi anlarsınız ve o gün başlayan yağmur bana bir şey daha öğretmişti.

"Kazandık!" diye bağırdı Çapraz.

Ne Leyla anlamıştı onu ne de ben...

"Kazandık!" diyerek koşmaya başladı.

Ne kazandığımız konusunda hiçbir fikrimiz yoktu. Yağmur yağıyordu, ıslanıyordu ve "Kazandık!" diye bağırıyordu. Bizse Leyla ile yağmur damlalarının birbirimizin yüzüne düşüşünü seyrediyorduk. O gün hayatımın en özel günlerinden biri oldu. Yağmur yağdığında yanınızda sadece sokak hayvanları yürür. Tabii şemsiyenizin olmadığını varsayıyorum. Yağmur yağıyorsa ve şemsiyeniz yoksa, buna rağmen yanınızda hiç koşuşturmadan biri yürüyorsa o kişi çok değerlidir. O günün en değerlisi Leyla'ydı. Bir de neden "Kazandık!" diye bağırdığına anlam veremediğim Çapraz vardı tabii...

Üstümüz başımız sırılsıklam olmuştu ve o halde eve dönmüştük. Leyla'nın annesi vardı ama benim bir annem yoktu. Bu şu demek oluyor ki onun üşütmeye hastalanmaya hakkı var ama benim yok. O gün yataktan çıkamadım. Bir yaz yağmuru insanı hasta edebilirmiş onu da o gün öğrendim. Babam eve gelmedi. Nerede sabahladığını bilmiyordum. Bazı geceler böyle şeyler yapıyordu. Sabah olduğunda sanki gece vardiyasından dönen bir işçi gibi yorgundu. Elindeki poşette börek vardı.

– Aras. Aras.

– Uyandım baba.

– Hadi bir çay yap içelim. Börek aldım senin sevdiğinden...

– Hemen yapıyorum baba.

Bu arada peynirli suböreğine bayılırım ve annem öldüğünden bu yana ilk kez yiyordum. Babam gayet sakindi. Üzerinde ne gerginlik vardı ne de şiddete meyyali...

– Ulaş gelmedi mi?

– Gelmedi baba.

– Nereye gitti? Teyzene mi? Teyzen eve almaz ki onu?

– Neden almasın ki?

– Oraya mı gitti?

– Bilmiyorum baba.

– Bir çay daha koy bana.

– Tamam.

– Sen de teyzene gitme sakın.

– Neden gideyim ki?

– Soru sorma bana. Odadaki çerçeve duruyor mu?

– Duruyor.

– Kimseye güvenme.

– Tamam baba.

Hayatımı zorlaştıran şeyle her gün babam yüzünden yüzleşiyordum. Her sabah uyandığınızda karşınızda bir çerçeve durursa ve o çerçevenin içinde "Kimseye güvenme" yazarsa siz ne yaparsınız? Ben o yazanı yapmadım ama her güvendiğimde de korktum.

– Ben çıkıyorum şimdi. Geç gelirim.

– Peki baba.

Babam çıktıktan sonra sofrayı toplayıp bir gazoz açtım ve kapağını her zamanki gibi sakladım. Epey gazoz kapağım olmuştu ve onları seviyordum. İnsan mutlaka bir şeyler biriktirmeli, tabii biriktirdiği şey asla dertleri olmamalı. Rüya defterimi de çıkarıp bir şeyler yazmaya başladım. Son zamanlarda pek rüya göremiyordum çünkü uykuya odaklanamıyordum. Oysa yaşamaktan çok rüyaların içinde var olmayı seviyordum. Belki de gerçek yaşam orasıydı. Bunu da hiçbir zaman öğrenemeyecektim.

Ben rüya defterime bir şeyler yazdığım sırada açık kapıdan içeri ağabeyim girmiş ve ben nasıl daldıysam bunu fark etmemişim.

– Ya yine ne yapıyorsun? Sen bir aptalsın Aras, aptal.

– Ağabey neden böyle yapıyorsun?

– Rüyalara inanmak nedir oğlum? Nasıl bir rüyanın peşinden gideceğini söyleyebilirsin?

– Herkes bir şeylere inanmaz mı? Ben de rüyalarıma inanmak istiyorum.

– Sana artık hiçbir şey söylemek istemiyorum. Aklını başına al. Böyle bir hayat geçmez, tam bir ruh hastasısın.

– Ne ilgisi var ağabey? Sen gördüğün rüyaları önemsemeyebilirsin ama ben senin gibi değilim, olmak da istemiyorum.

– Demek öyle. Bir sen akıllısın bir sen biliyorsun her şeyi. Biz aptalız.

– Ben öyle bir şey mi söyledim? Ben sadece farklı şeylere inanabileceğimizi söylüyorum.

– Sen bir şeye inanmıyorsun ki? Rüyalar görüp aptal aptal yazılar yazıyorsun. Bu yazıların hiçbiri beş para etmez. Gerçek hayata dön artık.

– Ben hayatımı seviyorum, inandığım şeyleri de.

– Öyle mi Aras Bey?

– Öyle ağabey.

– İyi bakalım bundan sonra başına ne gelirse gelsin ben senin yanında olmayacağım.

– Neden?

– Biraz düşün, nasıl olsa aklın başına gelir ve anlarsın.

– Sadece başka şeylere inanıyoruz diye böyle yapıyorsun. Ben seni hiç eleştirmedim. Yaptıklarına belki destek olamadım ama karşı da çıkmadım. Sen ise benim inandığım her şeyi aşağılıyorsun. Bu mu senin için kardeşlik?

– Duygu sömürüsü yapma. Sen şimdi bu evde kalmaya devam mı edeceksin?

– Evet ağabey.

– Dayak yemeye hakaret görmeye alıştın o zaman?

– Babam iyi değil anlamıyor musun? Ama düzeliyor bak.

– Anlamıyorum Aras! Anlamayacağım.

– Zaman içinde her şey düzelir. Yeter ki birbirimizi bırakmayalım ağabey. Bugün seni sordu hatta bize peynirli suböreği bile almış.

– Kes artık ya. Sen adam olmazsın Aras. Bu evde de bir aile olamayız. Ben gidiyorum. Babanla ne halin varsa gör! Olur ya yine dayak yersin sakın bana gelip anlatma.

– Tamam ağabey, bir daha ne olursa olsun sana anlatmayacağım ama gitme. Sen gidersen her şey çok daha kötü olur.

– Beni bu saatten sonra hiçbir şey ilgilendirmez.

– Teyzeme mi gidiyorsun?

– Hayır.

– Babama ne diyeceğim?

– Gitti dersin. Bir daha dönmemek üzere gitti.

Belki de ağabeyimin dediği gibi aptalın tekiydim. Laf anlamıyordum. Haklıydı ama babamı da bırakmak istemiyordum. Hayatta herkes için zor dönemler olurdu ve bu da bizim zor dönemimizdi. Kaçıp gitmek olmazdı. Hem nereye kaçabilirsiniz ki? Aslında ağabeyim kaçmıyordu, babam ikimizi de defalarca evden kovmuştu ama biz gitmiyorduk. Gidecek daha iyi bir yerimiz olsa belki de giderdik. Yine de kendimi kandırmak istemem, babamı asla bırakmazdım, hem de o bu kadar kötü durumdayken...

Şimdi ne olacaktı bilmiyordum, bilmeyi de istemiyordum. Yapayalnız kalmıştım işte. Sadece merhaba dediğiniz insanları saymazsanız sizler de yapayalnız hissedebilirsiniz. İnsan kendini birileriyle paylaşabildiği kadar kalabalıklaşıyor. Bense bunu yapamıyorum işte. İçime attığım her şeyin içimde kalmasına dayanmak. Başka bir seçenek bulamıyorum. Leyla'ya anlatsam olmaz. Fahrettin Amca'ya anlatsam o da olmaz. Babamın karşısına geçip ona anlatsam o hiç olmaz. Belki de olur ama korkuyorum. Beni terslemesinden hatta hiç dinlememesinden korkuyorum. Bu kadar zor olmamalı bazı şeyler ama oluyor işte ve zaman geçtikçe alışıyorsunuz.

Bütün gün evden çıkmadım. Bir ara teyzeme gitsem mi diye düşündüm ama bu fikrimden hemen vazgeçtim. Babam duyarsa her şey daha kötü olurdu. Ağabeyimin nereye gittiği konusunda hiçbir fikrim yoktu. Babama onun gittiğini nasıl söyleyeceğimi de bilmiyordum. Akşamüzeri evden çıktım ve bakkala gidip gazoz aldım. Apartmanın kapısının önünde oturup gazozumu içmeye başladım. İçimden hiçbir şey gelmiyordu. Diğer çocuklarla top oynayabilirdim ama hiç hevesim yoktu.

Hava kararmaya başlamıştı. Sokağın başında Çapraz'ı gördüm. Kaldırıma oturmuş bekliyordu. Onun bulunduğu tarafa doğru yürüdüm. Kendi kendine konuşuyordu. İlk başlarda öyle gelmişti bana ama daha sonra bakınca karıncalar ile konuştuğunu anladım. Onlara hal hatır soruyordu. Deli olduğunu düşündüm ama deli gibi de değildi.

– Hışşşt! Basma karıncalara.

– Tamam.

– Tamam.

Başka bir şey söylememişti. Onunla konuşmak mümkün değildi ve aslında ben de en az onun kadar yalnızdım. Yanından ayrılıp apartmana doğru yürümeye başladım. Tam apartmanın kapısından girecekken omzuma uzanan elle irkildim.

Beşinci Bölüm

Hayat kimseye güvenmediğin zaman daha mı kolaydı?

İnsan babasının eline yabancı olur mu? Bazen oluyormuş. Uzun zaman sonra babam ilk kez omzuma dokunmuştu. Biraz da sinirli gibiydi ama yüzüme bakıp gülümsedi, şaşırmıştım.

– Neredeydin?

– Buralardaydım.

– Ama nerede?

– Mahalledeydim baba.

– O yanına gittiğin kim?

– Adı Çapraz.

– Başka adı yok mu?

– Bilmiyorum.

– İyi bir daha gitme tanımadığın insanların yanına.

– Peki baba.

– Ulaş döndü mü?

– Dönmedi.

– Dönmesin.

– Döndü aslında...

– Nasıl döndü oğlum? Döndü mü dönmedi mi? Düzgün cevap versene.

– Geldi ve gitti.

– Derdi neymiş?

– Derdi yokmuş. Bir şey söylemedi.

– İyi bakalım. Sen eve çık, ben geleceğim.

– Peki...

Eve çıkıp babamı beklemeye başladım. Aklımdan yine onlarca soru geçiyordu. Artık ağabeyim olmayacaktı ve babamla birlikte yaşamaya tam anlamıyla mecburdum. Ortaokul bittiğinde belki lisede ben de giderim diye düşündüm ama bir yandan da babamı bırakıp gidemeyeceğimi biliyordum çünkü o ben de olmasam hepten kendini kaybedebilirdi.

Ufak tefek bir şeyler hazırlayıp yedim. Ev yemeği yemeyeli belki de aylar olmuştu. Evde pişen tek bir şey yiyebiliyordum o da patates kızartmasıydı. Leyla olmasa onu da yiyemezdim. Birilerinin varlığı bazen sizi mutlu edebiliyor. Leyla da hayatımın o dönemindeki mutluluk sebebim olmuştu.

Vakit gece yarısını bulmuştu ama babam gelmemişti. Korkuyordum artık daha da çok... Yalnızlık kimsenin seçimi olamaz diye düşündüm o an. İnsan sadece yalnız bırakılırmış. O anın yalnız bırakılanı da bendim işte. Artık ağabeyim de yoktu. Kurtulamadığım tek şey gözümün önünde duran o çerçeveydi: "Kimseye güvenme." Babam hayatımı öyle sürdürebileceğimi düşünüyordu. Belki de güvenmeyerek daha az zarar göreceğimi düşünmüştü. Ben öyle düşünmüyordum ama anlatamıyordum da...

Uykuya nasıl daldığımı hatırlamıyorum ama nasıl uyandığımı çok iyi hatırlıyorum. Babamın düşüşüyle... Korkudan yataktan çıkamadım. O da beni çağırmadı zaten. O korkuyla yeniden uyumak çok zor olacaktı ve uyuyamamıştım. Birkaç saat içinde hava aydınlandı. Uyku eşiğini de aşmıştım, hiç uykum yoktu. Babam sızıp kalmış kapının önünde. Onu uyandırmadan evden çıkıp fırına gittim. Sıcacık bir ekmek aldım ve eve dönüp çayı demledim. Salondaki küçük masaya kahvaltıyı hazırlamıştım. Ne kadar korksam da babamı çağırdım.

– Baba.

– Uyumuyorum. Biliyorum evden çıktığını.

– Tamam baba.

– Uyumam ben.

– Kahvaltı hazır baba.

– Tamam.

Roller değişmişti, korkum artmıştı ama babama olan sevgim azalmamıştı. Önünde sonunda düzelecekti. Ben sadece buna inanıyordum ve inancımın vermiş olduğu rahatlıkla çok daha güzel yaşıyordum. Babam elini yüzünü yıkayıp sofraya gelmişti. Ben hiç konuşmuyordum ama onun soracakları olduğu belliydi.

– Ulaş geldi mi?

– Gelmedi baba.

– Gelmez o bir daha.

– Bilmiyorum.

– Sen de mi üniversiteyi kazanmayı bekliyorsun?

– Hayır baba.

– Aferin. Nasıl gidiyor hayat?

– Güzel gidiyor.

– Sahile iniyor musun arkadaşınla?

– Arkadaşım yok ki?

– Bir kız var ya. Adı ne onun?

– Leyla mı?

– Evet. Tek arkadaşın o mu?

– Evet baba.

– İyi bakalım.

Babamla sohbetlerimiz hep kısa sürüyordu. Ben onunla uzun uzun konuşup içinde bulunduğum durumu anlatmak istesem de, o benim sorularımın değil kendi sorularının yanıt bulmasını istiyordu. Ben bu durumu da seviyordum çünkü en azından konuşabiliyorduk ve her şeyden haberdar olması hoşuma gidiyordu. Bu küçük sohbetler bile kendimi güvende hissetmeme sebep oluyordu. Benimle hiç ilgilenmediğini düşündüğüm anlarda hayatıma dair öyle şeyler söylüyordu ki, kendi kendime "Senin hâlâ bir baban var Aras" diyebiliyordum.

– Odamdaki çerçeveyi kaldırsam mı baba?

– Hayır.

– Neden?

– Soru sorma bana. Kalacak. O çerçeve hep orada olacak.

– Tamam.

Bir hayatım olduğuna inanıyordum ama hayatımı yönetebilecek gücümün olduğuna inancım azalıyordu. Babam ne derse o oluyordu. Ben sadece "Peki baba" ve "Tamam baba" diyebiliyordum.

O gün de nereye gittiğini söylemeden evden çıktı. Kahvaltının ardından sofrayı topladım ve divana uzanıp biraz televizyon seyrettim. Sonra sokağa inmeye karar verdim. Fahrettin Amca sanki beni beklercesine kapıyı açtı.

– Kahvaltı yaptın mı Aras?

– Yaptım Fahrettin Amca.

– Gel bir de benimle yap.

– Tamam.

Fahrettin Amca ile yaptığım kahvaltının kendi evimizde yaptığım kahvaltıyla ilgisi yoktu. Sofrada hangi kahvaltılığı arasanız buluyordunuz. Bizim evde ise eski kaşar ve zeytin vardı. Fahrettin Amca çok zengindi ve kimsesi yoktu. Evine girip çıkan adamların kim olduklarını bilmiyordum. Ellerindeki çantalarda ne taşıdıklarını da... Salonun köşesinde gözüme koyu yeşil çok büyük bir kasa çarptı. Bir an gözüm oraya daldı.

– Beğendiysen sana vereyim.

– Rengi güzelmiş ama istemem.

– Neden? İçine koyacak bir şeyin yok mu?

– Var aslında... Büyüyünce bir kasa alsam iyi olur.

– Ne koyacaksın kasana?

– Gazoz kapaklarımı.

– Kasada değerli şeyler saklanır Aras.

– Değerli işte. Değersiz mi?

– Çok değerli sayılmaz. En azından kasada saklayacak kadar önemli değiller.

– Benim için önemli.

– Tamam o zaman bana bir şey olursa bu kasa senin olacak.

– Gerçekten mi?

– Tabii ki Aras. Kasa senin.

– Çok teşekkür ederim Fahrettin Amca.

– Ben teşekkür ederim Aras. Uzun zamandır bir şeyler paylaşacak kimsem yoktu. İyi ki varsın sen.

– Siz de iyi ki varsınız. Ben sokağa iniyorum.

– İn tabii, gez dolaş. Şunları da al bakalım. Benden bol bol gazoz içersiniz.

– Kiminle?

– Sen bulursun içeceğin kişiyi.

– Tamam. Teşekkür ederim.

Babam gibi Fahrettin Amca da biliyordu Leyla ile arkadaş olduğumuzu... Büyüklerin gözünden hiçbir şey kaçmıyordu. Çapraz'ı da biliyorlardı ama onunla arkadaş değildik. İstesem de o benimle arkadaş olmazdı. Tek arkadaşım vardı o da Leyla'ydı.

Tek başıma sokağa indim, oradan sahile yürüdüm. Kadıköy'de ilk kez kendi başıma geziyordum. İskelenin oradaki banklardan birine oturdum ve gazozumu içmeye başladım. Bir de simit almıştım ama martılarla paylaşmadım çünkü çok acıkmıştım. O an yanımda Leyla'nın da olmasını isterdim ancak yoktu. Ailesiyle birlikte tatile gitmişti sanırım. Benim tatile gidecek kimsem yoktu. Aslında babamla bir yerlere gidebilirdik ama mümkün değildi. Bir gün iyi bir gün kötüydü ve bir anı bir anını tutmayan bir insanla yola çıkılmazdı.

O gün yılların bir an önce geçmesi için dua ettim. Büyürsem her şey değişirdi. Babamı tedavi ettirebilirdim. Belki büyürsem benim sözümü dinleyebilirdi. Hem ben büyüyene kadar ağabeyim de büyürdü ve yeniden bir aile olabilirdik. Belki de düşündüğüm her şey bir hayal olarak kalırdı. Olsun hayali bile güzeldi.

Sahilde bir süre tek başıma yürüdüm ve ardından eve dönüş yolunu tuttum. Deniz her zaman bana iyi geliyordu, bütün dertlerimi unutturuyordu ancak geri dönüş yolunda tüm dertlerimi yeniden hatırlıyordum. Sokağın başına geldiğimde yine Çapraz'ı gördüm. Yanında iki köpek vardı ve onlarla birlikte bir şeyler yiyordu. Kaldırıma oturup onları seyretmeye başladım. Yanına gidemiyordum ve bu korktuğum için değildi. Babam onun yanına gittiğimi görürse bana yine kızabilirdi. Ben farkında olmasam da onun her şeyden haberi vardı.

Yine de bir cesaretle yanına gittim ve hep cebimde bulunan beyaz leblebiden bir avuç ona uzattım. Yine geri çevirmemişti beni. Avucunun içine leblebileri bırakıp apartmana doğru yürümeye başladım. O da o sırada köpeklerini beslemeye devam ediyordu. Usul adımlarla yukarı çıktım. Eve girmek istemiyordum ama gidecek başka bir yer yoktu. Üçüncü kata geldiğimde sesler duymaya başladım, babam bağırıyordu ama kime bağırdığını anlayamamıştım. Bir kat daha çıktım ve kapının oradan olanı biteni anlamaya çalıştım.

– Sen karışamazsın benim ne yapacağıma!

– Haklısın karışamam.

– O Ulaş'a da söyle aklını başına alsın. Bir daha bu evin kapısından giremez.

– Zaten çocuğun öyle bir niyeti yok. Seninle yaşamayı da istemiyor. Aras nerede?

– Sen ne yapacaksın Aras'ı? Senin çocuğun mu?

– Doğru ya senin çocuğun değil mi? Güldürme beni be adam. Ulaş her şeyi anlattı. İkisini de dövüyormuşsun.

– Döverim de severim de.

– Bu saatte bile içiyorsun. Sana ne desem boş ama şunu bil ki Aras'ı dövmeye devam edersen burayı polisle basarım. Çocuğu da elinden alırlar.

– Bir daha buraya gelme.

– Çocuğu döversen gelirim. Gerekirse yanıma alırım ikisini de.

– Senin yanında mı Ulaş Efendi?

– Hayır.

– Sana inanmıyorum.

– İster inan ister inanma.

– Tamam çık git hadi. Ulaş'a da söyle dönüyorsa dönsün.

– Çocuk nerede bilmiyorum diyorum sana.

– İyi, bilme.

Konuşan teyzemdi. Ağabeyim ona gitmişti ve yaşadığımız her şeyi anlatmıştı. Teyzemin bu öfkesi boşuna değildi. Babamı parçalayacak kadar sinirliydi. Hemen aşağıya indim ve girişteki apartman boşluğunda teyzemin gitmesini bekledim. Çok geçmeden apartmandan çıktı. Ben de onun ardından yukarı çıktım. Hiçbir şey duymamış gibi yapacaktım. Eve girdiğimde babam divana uzanmış tavanı izliyordu.

– Gel bakalım Aras Efendi.

– Geldim baba.

– Gördün mü teyzeni?

– Görmedim.

– Nasıl görmedin, az önce çıktı? Duydun değil mi söylediklerini?

– Duymadım baba.

– Ulaş ona gitmiş. Sizi dövüyormuşum öyle söylemiş. Dövüyor muyum ben sizi?

– Bazen kızıyorsun baba.

– Dövüyor muyum oğlum?

– Bazen.

– Tamam. Karnın aç mı?

– Biraz aç.

– Köfte yer misin? Patates kızartması?

– Yerim baba.

– Tamam. Sen sofrayı hazırla, ben geliyorum.

Babam yaklaşık yirmi dakika sonra elinde poşetlerle gelmişti. Ekmek arası köfte almıştı, bir de patates kızartması yanına da gazoz... Elindeki diğer poşetin içinde ise kıvırcık salata ve küçük domatesler vardı. İlk kez bu eve salata giriyordu. Bu yazdıklarımı anlamsız bulabilirsiniz ama bir eve kıvırcık salatanın girmesi o evin gerçek bir ev olduğu anlamına gelebilir. Hatta gerçek bir evde mutlaka salata yapılır. O gün annemin ve kız kardeşimin ölümünden sonra ilk kez salata yapmıştık. Babam iyi bir adamdı, yanılmıyordum ve bu beni çok mutlu ediyordu. Çok güzel bir salata yaptı ve içine küçük domatesleri kesmeden koydu. Ekmek arası köftelerimizi ve salatamızı yedikten sonra daha da mutlu olmuştum çünkü babam bir de çay yapmıştı ve benim çayı demlediğinden haberim yoktu.

– Hadi getir bakalım çay bardaklarını.

– Tamam baba, önce çayı yapayım.

– Bardakları getir oğlum çay hazır.

Gülümsemişti bana. Çok iyi hissediyordum kendimi. İçimden ağabeyim de keşke burada olsa diye geçirdim. Benim yanılmadığımı babamın aslında iyi biri olduğunu o da görsün istedim ama o artık yoktu. Hayatımız belki de artık bu şekilde devam edecekti. Her şey iyiye gideceği sırada ağabeyim yanımızdan ayrılmıştı.

Babamı iyi yapan neydi bilmiyorum ama bana karşı tutumu değişmişti. Belki de teyzemle konuşmasından sonra ağabeyimle bana haksızlık yaptığını düşünmüştür. Ne kadar değişirse değişsin eve geliş saatleri ve alkole olan bağımlılığı değişmedi. Asabi halleri vardı ancak artık sadece bir şeylere çok kızdığında bağırıyordu. Eskiden benimle bir derdi olduğunu düşünürdüm, artık öyle düşünmüyordum çünkü onu daha iyi anlıyordum. Babamın derdi kendisiyleydi.

Ortaokul hayatım bu şekilde devam etti. Lisede ne olacağını bilmiyordum ama hayatın küçük anlara bağlı olduğunu da öğrenecektim zamanla... Bir gece yine babamı beklediğim sırada uyumuşum. O gecenin sabahında yatağın başında bir not buldum.

Notu kimin bıraktığını anlamamıştım ve korkuyordum.

"Hayat kolaydır" yazıyordu notta... Çok geçmeden ikinci bir not daha bulunca rahatladım. Ağabeyim gelmişti. Hâlâ benim ağabeyimdi işte. Beni bırakmamıştı. O notu büyük bir heyecanla okudum:

Biliyorum bana kızgınsın ama sen de biliyorsun ki yapabileceğim başka bir şey yoktu. Hayat her zaman insana güzel olanaklar sunmuyor. Bunu belki biraz da biz şekillendiriyoruz. Bu notu okuduğunda şunu anlamanı isterim ki ben hep senin ağabeyin olacağım ve öyle kalacağım. Senin yanındayım ve seni çok özledim. Neden uyandırmadın dersen, çok vaktim yoktu. Babamın gelebileceğinden çekindim. Yine de seni görmek güzeldi çocuk. Hâlâ rüyalarını yazıyor musun bilmiyorum ama yaz. İnsanın hayalleri olmalı. Bunu sizden ayrı kaldığım iki sene içinde öğrendim. Meğer sen benden daha başka bakıyormuşsun. Sana haksızlık ettiğim için üzgünüm. Bu arada hâlâ yüzünü yıkamamışsındır eminim. Hadi rüyanı yaz.

Bir dahaki gelişime seni uyandırırım.

Çok mutlu olmuştum ve bu durumdan babama da bahsetmeyi düşündüm. İki sene sonra ondan bir haber almak dünyanın en güzel şeyiydi. O notla birlikte hayatımda bir şey değişmediğini anladım. Zaman geçmişti ama ben iki sene boyunca yerimde saymıştım. Yaptığım tek şey rüyalarımı yazmaktı. Tabii bir de babamı idare etmek.

Öğlene doğru babam geldi. Hangi saat diliminde nerede olacağını kestiremiyordum. Sanki ağabeyimin geldiğini biliyormuş gibi:

– Ulaş geldi mi?

– Evet.

– Nasıl? Geldi mi gerçekten?

– Evet baba. Bu notu yazmış bana.

– Oku bakayım.

Babama notu okudum. Gözleri dolmuştu ve kendini belki de suçlu hissediyordu. Diğer notu ona göstermedim çünkü o not bana özeldi. Babamın öğrettiğinin çok ötesindeydi. "Kimseye güvenme" dememişti ağabeyim. "Hayat kolaydır" diyordu ve ben de artık o nota göre yaşayacaktım.

Altıncı Bölüm

Bilirsiniz insan bir kere aşka yenildiğini düşünmeye başlarsa bir daha kazanmamak için her şeyi yapar ve ne pahasına olursa olsun herkesten kaçar.

İnsan geriye dönüp baktığında zamanın nasıl geçtiğini anlamıyor. Herkes bir anda büyüdüm zannediyor ama işin aslı büyürken çok şey kaybediyor. Ben kazanarak büyüyemeyeceğimi büyüdükten sonra öğrendim. Ne kazanırsanız kazanın büyüdüğünüzde çocukluğunuzu kaybediyorsunuz. Ve dünyanın en kötü çocukluğu bile özleniyor. En azından ben çok özlüyorum.

Zamansız bir işim var, bir bakıma rüyalarım sayesinde hayatımı kazanıyorum da diyebilirim. Bu eve taşındığımızdan bu yana koskoca on iki yıl geçti ve ben hâlâ büyüyor muyum yoksa yaşlanıyor muyum bilmiyorum. Büyümek güzel olabilir ama yaşlanmayı istemiyorum. Genç kalmalıyım. Ruhum kadar genç. İnsan yirmi dördünde böyle şeyler düşünür mü? Düşünürmüş bazen ve yaşamadan anlayamazmış hiçbir şeyi...

Aradan geçen zamanda çok şey kaybettim. Ağabeyim yurtdışına yerleşti, orada fotoğrafçılık yapıyor. Babamla arası hâlâ iyi sayılmaz. Benimse aram iyi, zaten hiç kötü olmamıştı. İçkiyi bırakmak zorunda kaldı babam çünkü doktor daha fazla içemezsin dedi. Tam iki yıl tedavi gördü ve sonuca ulaştı. Şimdilerde yoğurt yiyor, nedeniyse tadını seviyormuş. Bense hâlâ gazoz içiyorum ve beyaz leblebi yiyorum.

Çapraz sokağın başındaki kaldırımda oturmaya devam ediyor. Köpekleri değişti ama her zaman besleyecek sokak hayvanlarının olduğuna inanıyor. Fahrettin Amca da bildiğiniz gibi. Koyu yeşil kasası hâlâ benim değil anlayacağınız. Bazen beraber kahvaltı yapıyoruz ama genellikle babamla birlikteyim. Eskisi gibi evden çıkmıyor artık babam. Yapacak pek bir şey olmadığını söylüyor. Aslına bakarsınız on iki senede çok değişti ama bazılarını anlatmaya korkuyorum.

Rüyalarım hâlâ devam ediyor. Leyla ile konuşmuyoruz. Ona en son bir mektup yazdım ve benimle bir daha konuşmadı. Aslında kötü bir mektup değildi ama başka bakıyorduk hayata. Ne ben anlatabiliyordum ne de o beni anlayabiliyordu. Mektuba gelince şöyle bir şeydi işte, belki merak etmişsinizdir:

Aşk Bir An Meselesi

Aynı şeyleri seviyoruz ama birbirimizi sevmiyoruz.

Aslında seviyoruz ama o anlamda değil.

Bazen kalbiniz atmaz ama karşınızdakinin doğru insan olduğunu adınız gibi bilirsiniz.

Aklım senden yana ama
kalbim atmayı unutmuş ve tek doğru buymuş...

Yeni bir yer var deseler...
Başka bir dünya mesela...
Giderim seninle ama kalbim gittiğim yere gelmez.
Aklım da bana bir ömür yetmez.
Beni anlamalısın ki anladığını biliyorum.
Kalbin zamanla alışır deme.
Aşk bir an meselesi bana zamandan bahsetme.

Bu son mektubum olmuştu çünkü cevap vermemişti. Kapılarının önünden geçerken karşılaşmamak için dua ediyordum. Muhtemelen o da beni görmek istemiyordu. Onun istediklerini ben istemiyorum, benim istediklerimi o. Bazen olur işte bilirsiniz karşınızda dünyanın en iyi insanı vardır ama aşk yoktur. Birinin sizi sevmesi bazen kalbinizi çok başka şekilde yaralayabiliyor. Onsuz olmak istemiyordum ama onunla onun istediği gibi de olamıyordum. Arkadaşımdı ve kalbim ona başka türlü atmıyordu.

Hayatım artık tamamen tek başıma devam ediyordu. Babamın benimle uğraşmasını bile özlemiştim ama artık kendisiyle bile ilgilenmiyordu. Leyla ile konuşmak istiyordum ama o da olmuyordu. Belki konuşsam benimle konuşurdu ama bu da ona umut vermek gibi olurdu ve ben bunu istemiyordum. Ne onun kalbini ne de kendi kalbimi yaralayabilirdim.

Ona mektup yazmaya devam ediyordum ama mektupları ona vermiyordum. Kendi kendimle dertleşiyordum.

Oysa onunla yazışmak beni tarifsiz bir şekilde rahatlatıyordu. Kaybettiğim her şeyi onda buluyordum ama benim onda bulduklarım ikimize de yetmiyordu.

Son yazdığım mektuptan sonra benimle bir kez konuşmak istemişti. İlk başta bu konuşma teklifini kabul etmemiştim ama sonrasında merakıma yenik düştüm. Meraktan da öte bir şeydi bu. Ne olursa olsun son bir konuşmayı ikimiz de hak ediyorduk. Sanki aynı apartmanda oturmuyormuş gibi çıktık o gün evlerimizden... Ben camdan sokağa bakarak onun çıkışını izledim. O ise benden önce buluşma yerine gitmek için evden çok erken çıkmıştı. Tam saatinde gidecektim.

Buluşma saatine on beş dakika kala evden çıktım. Zaten sahile inmem sadece beş dakika sürüyordu. Yılların değiştiremediği Çapraz yine kaldırımda oturuyordu. Ve ben de yılların değiştiremediği alışkanlığımla ona bir avuç beyaz leblebi verdim. Artık eskisi gibi değildik konuşuyorduk.

– Teşekkür ederim Aras.

– Afiyet olsun Çapraz.

– Biliyor musun bazıları çok sert ama seviyorum.

– Evet bazen ısırdığında dişin kırılacak gibi oluyor.

– Olsun. Sevmek böyle bir şey.

– Nasıl bir şey Çapraz?

– Kalbinin dişin olduğunu düşün. Leblebilerin de sevdiğin kişi. Ve her leblebi onun başka bir huyu. Bazı huyları kalbini kırıyor ama yine de sevmeye devam ediyorsun.

– Demek ki beyaz leblebi ile bu yüzden karşılaştım.

– Gazoz yok mu?

– Dönüşte alırım acelem var.

– Tamam.

Çapraz gibi düşünmemiştim hiç. Bazen bazı şeylere başka bir şekilde bakmanızın en iyi yolu, o şeylere başkalarının nasıl baktığını gözlemlemekten geçer. Çapraz başka bakmıştı işte. Leblebiyi sevgili yapmıştı...

Yavaş adımlarla iniyordum sahile. Hem görmek istiyordum Leyla'yı hem de korkuyordum tamir edilemez şeyler konuşmasından... Hayat bazen böyle işte, gitmek istediğiniz yer bellidir gideceğiniz kişi bellidir ama adımlarınız belirsizdir çünkü korkarsınız. Sahile indiğimde bankta tek başına oturduğunu gördüm. Çocukluktan kalma bir alışkanlığımızdı bu. Banka oturup vapurları izlerdik. Zaman ne kadar değişirse değişsin alışkanlıklarımız değişmemişti. Bankın arkasında dikilip onunla birlikte vapurun gidişini izledim ve ardından:

– Merhaba.

– Merhaba Aras, otursana...

– Tamam oturayım.

– Nasılsın görüşmeyeli?

– İyiyim. Sen de iyi görünüyorsun.

– İyiyim işte, gördüğün gibi.

– Böyle olmadı sanki. İlk kez konuşuyormuşuz gibi.

– Sen böyle olmasını istedin.

– Ben bunu mu istedim?

– Bilmem. Son mektubunda yazdığın buydu işte. Ben bunu istediğini hissettim.

– Demek öyle hissettin. Ben böyle olacağını düşünerek yazmadım. Sadece kendimi anlatmak istedim.

– Anlattın.

– Sen neden bir mektup yazmadın peki?

– Yazdım ama önceleri vermek istemedim. Şimdi vermek istiyorum. Al, okuyabilirsin.

– Şimdi mi? Yoksa eve gidince mi?

– Şimdi oku ve istersen oturmaya devam et istersen git.

– Tamam.

O da bana bir şiir yazmıştı. Gün batıyordu, vapurlar geçmeye devam ediyordu ve ben ilk kez onun yanındayken yazdığı mektubu okuyordum. En kötüsü de gazoz içmiyorduk.

Bana dokunma.

Yaklaşma da...

Beni ara bir yerlerde ama gelip benim aklımın içinde arama.

Biraz nemlidir gözlerim aldırma, alışkınımdır.

Korkmam hiçbir şeyden desem bile inanma.

Sana kendimi anlatırsam durduk yere dinleme.

Ve sev beni dersem sevme.

Siyahın içinde ara beni.
Mavinin içinde ara.
Bulabileceğine inandığın bir yerde ara...
Bir temmuz güneşinin ısıtamadığı gölgede ara.
Korkma bulamazsın.
Bulduğunda biterim.
Çözme beni sakın çünkü ben seni çözmek istemiyorum.

Dünya bir yokuş ve ne tarafında olduğun önemsiz.
Bir ömür inebilirim, çıkmak da zor olmaz.
Beni yokuşun kenarındaki kaldırımın arasında açan çiçeğin varoluşunda
bir başınalığında ara.
Benimle in ya da benimle çık.
Benden sana doğru gelen ne varsa umursama.
Öyle uzaktan izle beni ama sakın dokunma.

Hissedebiliyorsan yakınımda kal yoksa en uzağımda...
Siyahın içinde ara beni.
Mavinin içinde ara.
Hem oradayım hem değilim.
Güneşin batışında ara beni.
İstersen doğuşunda ara...
Biliyorsun sen aradığında ben olmayacağım.
Zaten hep böyle değil midir?
İnsan yanındakine dokunmaz da kaybolanı özler hep.
Beni özlediğin en küçük anın içinde ara.

Mektubu okuduktan sonra biraz afalladım. Elimdeki zarfın içine hızlı bir şekilde sanki hiç okumamış gibi koydum. Ya benim istediğim gibi kal ya da çık git hayatımdan diyordu. Elimde zarfla gittim. Arkamdan baktı mı bilmiyorum. Ne düşündü bilmiyorum ama gittim. Bu sefer yavaş adımlarla değil de koşarcasına adımlarla dönüyordum eve. Bakkala girip bir gazoz aldım ve eve girmeden önce Çapraz'a bıraktım. "Çabuk döndün" dedi. Duymazlıktan geldim. Hızlı adımlarla apartmana girdim ve merdivenlerden çıkıp odama çekildim.

O an aklımdan geçen her şeyi bir kâğıdın üzerine sıraladım.

Nereden başlasam bilmiyorum. Bu yazdıklarım nereye kime ulaşır onu da bilmiyorum. Şu an bildiğim tek şey böyle bitmemesi gerektiği... Ben seninle devam edemesem bile devam etmeli bu hikâye. İçinde siz olmadığınız bir hikâye sizin hikâyeniz olabilir mi? Birçok insan bunu saçma bulacaktır. Yaşamadığınız şey sizin olamaz diye düşünecektir. Tabii kimsenin yerine düşünmek istemem, sadece hislerimi dinliyorum ve içinde bulunduğum durumun gülünç olabileceğini tahmin edebiliyorum.

Ben hiçbir zaman korkmadım bana gülünmesinden aksine hatalarımı doğrularımdan çok sevdim. Hata yapmaya gelmiştim bu dünyaya... Kusursuz bir yolculuğum olamazdı. Öyle hatalar yapacaktım ki sonunda ben olacaktım. Beni ben yapan doğrularım değil hatalarım olacaktı. O yüzden en çok hatalarımı sevdim. Belki de her insan gibi...

Kafam öylesine allak bullak olmuştu ki ne yapacağımı bilemiyordum. Çocukluk arkadaşımı kaybetmiştim. Hem de çok kötü bir şekilde... Kalbinizin atmaması suç mudur? Birini âşık gibi sevememek suç mudur? Hayat önümüze her şeyi getirebiliyor ve duyulan bir sevginin sonu ayrılık da olabiliyor. Bugün de öyle olmuştu. Sanıyorum ikimiz de mutsuzduk. Bir şeyler yapmak lazımdı ama ne? Tırnaklarımı kestim. Duş aldım. Babamla konuşmadım. Kısa cümleler kurdum kendi kendime. Kalbim yorulmuştu. En uzun yolculuk belki de bitmişti artık.

Babama bir şey söylemeden evden çıktım. Ağır adımlarla indim merdivenleri ama ikinci kattan çok hızlı geçtim. Bir kez daha karşılaşmamak için. Âşık adam tavırlarıydı bu ama âşık değildim. Kalbim sadece bana aitti. Bu durum çok anlaşılır bence...

Apartman kapısının orada yine ona rastladım. Daha yeni dönüyordu. Yanımdan geçerken bana nefret eder gibi baktı. Aslında hiç öyle bakmazdı ve belki bakmamıştı. Sadece ben kendimden nefret etmiştim o an. Konuşmasını bekledim. Konuşmadı. Basamakları çıkmaya başladı. Arkasından baktım ve konuşmalıydım. O an şu cümleyi kurabildim:

– Ben seni seviyorum ama böyle bir ilişki istemiyorum.

– Tamam, sus.

– Susayım ama bir daha bu konuyu açma.

– Kalbimi mahvettin.

– Ben mi yaptım bunu?

– Bir şey demiyorum.

- Tek başıma mı yaptım?
- Geçer mi?
- Ne geçer mi?
- Bu şey işte. Hissettiğim.
- Geçer.
- Ya geçmezse?
- Geçmeli Leyla geçmeli. Ben bir şey yapamam ki.
- Canım çok yanacak mı?
- Bilmiyorum.
- Yanmasın.
- Evet yanmasın.

Aramızda geçen konuşma bundan ibaretti. Çocukluk bitmişti. Arkadaşlığımızı bitirmişti. Bazen alışırsınız ve alıştığınız şeyden kopmak ortada bir ölüm yoksa çok anlamsızdır. Her şey düzeltilebilir, en azından ben düzeltilebileceğine inanıyordum ama kalp başka bir şeymiş. Onu da Leyla sayesinde öğreniyordum.

Acaba o benden neler öğrendi diye düşündüm bir an. Sonra umursamamaya karar verdim. Onun duygularını öldürmekten korkuyordum. Bilirsiniz insan bir kere aşka yenildiğini düşünmeye başlarsa bir daha kazanmamak için her şeyi yapar ve ne pahasına olursa olsun herkesten kaçar. Her kalp bir şekilde susturulabilir ama vicdanın hesabı en sessiz ortamda bile yankı yapar. O yankı çoktan aklımın derinliklerine geçmişti. Kalbimde olmayan birinin acısını beynimde yaşıyordum. Aslında kalbimde hiçbir yeri olmasa canım bu kadar yanmazdı. Bunu ona anlatamıyordum çünkü anlamazdı. Her kalp kendi acısının sesinde boğulurmuş. Ben kimsenin boğulmasını istemiyordum.

Apartmandan çıkıp yürümeye devam ettim. Yürümek insana iyi gelen bir şey. Sokaktaki herkesi görmezden geldiğinizde çok daha güzel. İnsan görmemeyi başarabiliyor ama duymamak öyle kolay değil.

– Leblebi yok sanırım.

– Yanıma almamışım Çapraz.

– Ben vereyim o halde.

– Ver bakalım. Bir de senin leblebini ben yiyeyim.

– Bir tane veririm ama.

– Ben sana öyle mi yapıyorum?

– Bir tane veririm.

– Tamam.

– Al.

– Bu da o sert leblebilerden çıktı işte. Dişimi kıracaktım. Nereden aldın?

– Leyla verdi.

– Bana neden bir tane verdin?

– Leyla'nın hangi huyuna denk geleceğini merak ettim. Sanırım kötü bir huyu var ama yine de leblebiyi yedin.

– Görüşürüz Çapraz.

– Görüşelim Aras.

Çapraz bile benimle oyun oynuyordu. Aramızda geçenleri benden başka herkes biliyordu. Sanki birini yarı yolda bırakmışım da gitmişim gibi hissettim. Öyle bir şey yoktu ama var gibi hissediyordum. Babam biliyordu, Fahrettin Amca biliyordu, Çapraz biliyordu ve muhtemelen başka bilenler de vardı. Kötü hissettirmişti bana kendimi. Bir aşka veremediğim karşılığın vicdan azabını çekiyordum. Yine de hissetmediğiniz bir şeyi yaşamaktan iyiydi bu.

Normalde eve geç vakitte dönmeyi hiç sevmezdim ama o gün çok geç döndüm. Leyla ile bir kez daha karşılaşmamak için... Babam uyumuştu. Usulca odama geçtim. Duvarda artık iki çerçeve vardı. Birinde "Kimseye güvenme" diğerinde "Hayat kolaydır" yazıyordu. Gerçek olan ne diye düşündüm. Kimseye güvenmeden yaşamak mı? Yoksa hayatın kolay olduğuna inanmak mı? Bilmiyordum. Hiçbir şey bilmiyordum işte...

Beynim zonkluyordu. Ne zaman bir şeyi kafaya taksam böyle olurdum. Son bir kez daha yazdığı mektubu okuyup uyumak istedim. O sırada zarfın içindeki gazoz kapağını fark ettim. Orta okulda içtiğimiz gazozun kapağıydı bu. Ben saklıyordum ama onun sakladığını bilmiyordum. Kapağın içinde de küçük bir kâğıt vardı ve içinde şu yazıyordu:

İki kişinin kalbinin aynı anda atmadığı anlar olur ve bu gazoz kapağı o anlardan birinin hatırası. İster sakla, ister at.

Bir kez daha sarsmıştı beni. İstediği buydu işte. Canımı yakmak ve başarıyordu. Uyudum. Her şeye inat uyudum.

Bildiğim her şeyi unutmak hatta tam tersine inanmak için...

Sabah bambaşka bir rüyayla uyandım. Mor şemsiyeli bir kız geçiyordu sokağımızdan ve fena halde yağmur yağıyordu. Garip olan şuydu ki yağmurlu bir sabaha uyanmıştım. Camdan aşağı baktığımda mor şemsiyeli kızı gördüm. Ya rüyam devam ediyordu ya da ben iyiden iyiye kafayı yemiştim. Eşofmanlarımla sokağa koştum. Gerçekten mor şemsiyeli bir kız yürüyordu önümde... Peşinden yürüdüm. Caddeye inmiştik ve sabahın o saatinde bir kitapçıya girdi. Ben de peşinden girdim. Şemsiyem olmadığı için ıslanmıştım ama en azından yüzüm yıkanmıştı.

Kız elindeki kitabı uzatıp başka bir kitap almak istedi. Ve kitapçı kızın bıraktığı kitabı ve aldığı kitabı bir kâğıda yazarak teslim etti. Para ödememişti. İyi günler dileyip dükkândan çıktı.

– O kitabı ben alabilir miyim?

– Tabii buyurun.

– Ne kadar?

– Şöyle bir sistemimiz var bizim aslında. Kitapları kiralıyoruz. Bir kitap parası ödüyorsunuz ve buradaki tüm kitapları okuyabiliyorsunuz.

– Şimdi bir kitap alacağım. Mesela bu kitabı alıyorum ödemesini yapıyorum. Daha sonra okudukça gelip sizden başka bir kitap alıyorum.

– Evet üyelik gibi düşünün.

– Tamam üye olayım ben. O kitabı da alayım.

– Adınıza bir kayıt açalım o zaman.

– Peki, Aras Demiröz.

– Hemen açıyorum.

O kitabı alıp eve döndüm ve okumaya başladım. Adını bilmediğim o kızın okuduğu kitap elimdeydi işte. Kimine göre kitabın yazarının, benim içinse mor şemsiyeli kızın kitabıydı.

Yedinci Bölüm

Biliyorum aynı şeylere inanmıyoruz.
Ve yerçekimine inat yükseliyorsun gözümde.
Oysa başka tarafındayım hayatın.
Gördüğümden fazlası değilsin biliyorum.
Uzun cümlelere gerek yok korkuyorum.

Bazen kendinizi iyi hissedersiniz ama neden iyi hissettiğinizi unutursunuz çünkü kötü hissettiren bir şeyler hep karşınıza çıkar. Babamla kahvaltı yapıyorduk. Hiç konuşmayan adamın o sabah konuşası tuttu. Biraz şaşırmıştım ama bir yandan da seviniyordum.

- Nereye gittin geçen sabah?

- Hiç. Kitapçıya...

- Kitap mı okumaya başladın?

- Aslında öyle de diyemeyiz.

- Nasıl deriz?

- Başlayabilirim.

- Kızın peşinden gittin gördüm.

- Nasıl gördün baba ya? Uyuyordun sen.

- Rüyamda gördüm. Sadece sen mi rüya görüyorsun?

- Gülme baba tamam.

- Leyla uğramıyor artık.

- Uğrar.

- Bir sorun yok yani?

- Yok baba.

– Bu kızı biliyor mu?

– Bu kızı ben bile bilmiyorum daha o nereden bilsin?

– Tamam tamam. Evde misin bugün?

– Bilmiyorum.

– Kız çıkıyor baksana...

– Tamam. Benim kahvaltım bitti. Görüşürüz.

Aradan bir hafta geçmişti ve kızın bizim karşı apartmanın giriş katından çıktığını anlamıştım. Tam bir hafta sonra ona yeniden denk gelmiştim ve tabii ki peşinden gittim. Aslında peşinden gittiğim o değildi gördüğüm rüyaydı ve bu rüyanın sonunun nereye varacağını çok merak ediyordum. Belki de aynı rüyayı görüyorduk ama bundan ikimizin de haberi yoktu.

Hızlı adımlarla ilerliyordu ve ben de hızımı ona göre ayarlamıştım. Yine aynı kitapçıya girmişti. Bu sefer dikkat çekmemek için kitapçıya girmedim ve onu uzaktan izledim. Geçen sefer olduğu gibi bir kitap bıraktı ve başka bir kitap aldı. Kitapçı yine elindeki listeye verdiği kitabı yazmıştı. O çıktıktan sonra içeri girip o kitabı istedim.

– Diğer kitabı getirdiniz mi?

– Hayır.

– Onu getirmeniz lazım yoksa bu kitap için ayrı bir ücret almam gerekir.

– Peki alın.

– Buyurun.

– Ben bir şey daha isteyebilir miyim sizden?

– Tabii...

– Az önce çıkan hanımefendinin okuma listesindeki kitapları alabilir miyim?

– Bütün okuduğu kitapları mı istiyorsunuz?

– Mümkünse evet...

– Burada olanları verebilirim ama sizi bekleteceğim.

– Bekleyebilirim.

– Bir şey içer misiniz? Yeni çay demledim.

– İyi olur, içerim.

Ben çayımı içerken kitapçı diğer kitapları hazırlıyordu. Haftada bir kitap okuduğunu düşünürsek bir hayli fazla kitap alacaktım. Heyecanla bekliyordum çünkü okuduğu kitapları merak ediyordum. Hiç kitap okumayan ben bir kadını okuduğu kitaplardan tanımaya çalışacaktım. Çok mümkün olmasa da biraz tanıyabilirdim onu. Garip olan şey geçen haftaki kitapta da şu an elimde tuttuğum kitapta da altı çizili tek bir cümle dahi yoktu. Bu kitapları kiraladığımız için olabilirdi, yine de bir cümlenin altını çizse benim için çok iyi olurdu.

– Buyurun aldıklarınızın dışında beş kitap daha var.

– Tamam bunları da alayım o zaman.

– Poşete koysaydım.

– Yok yok, evim yakın...

– Peki, keyifli okumalar.

– Teşekkür ederim iyi günler...

Kitapları alıp çıkmıştım. Hiç okumayan bir insan sırf merak duygusundan tüm bu kitapları bir gün içinde bitirebilirdi. Ben de öyle yapacaktım. Hiç tanımadığım bir insanı belki de sadece bu kitaplar sayesinde tanıyacaktım. Elimde kitaplarla bizim sokağa girdim. Garip hissettim bir an kendimi. Bu zamana kadar neden kitap okumamıştım ki? Anlam veremiyordum kendime ama bunun da bir işaret olduğunu düşünüyordum, tıpkı rüyalarım gibi...

– Aras.

– Efendim Çapraz.

– Leblebi var mı?

– İnan ki yok. Beklersen hemen alıp getiririm.

– Yıllardır burada bekliyorum dalga mı geçiyorsun? Nereye gideceğim?

– Tamam tamam. Geliyorum hemen.

Bizim sokakta kuruyemişçi yoktu. İki sokak aşağı inip Çapraz Bey için beyaz leblebi aldım, tabii biraz da kendim için. İki de gazoz aldım. Beraber içeriz diye düşündüm. Kitaplar elimde bir o yana bir bu yana gidiyordum. En son kendimi Çapraz'ın yanında otururken buldum.

– Gazoz da mı aldın?

– Kendime aldım.

– İkisini de mi?

– Evet.

– Şaka mı?

– Şaka. Al bakalım.

– Leyla'ya da alsaydın. Bak geliyor.

– Hımmm...

Leyla duymuştu Çapraz'ın söylediğini...

"Merak etme Çapraz o gazoz içecek birini bulmuştur" deyip yanımızdan hızla uzaklaştı. Peşinden gitmedim. Neden böyle yaptığına anlam veremiyordum. Ya kalbimdeki yerini bilmiyordu ya da çoktan düşman olmuştu bana. Böyle bir düşmanlığa dayanamazdım ve onun kalbinin içinde de böyle bir düşmanlığın barınabileceğini düşünmüyordum. Bir an peşinden gidip konuşasım geldi. "Böyle olmamalı..." diyecektim. Demedim. Neden demedim bilmiyorum ama demedim. Belki de gururdan ve bu neyin gururuydu onu da bilmiyordum. Ama bir bedeli olacağını biliyordum. O bedel de kaybolan çocukluğumuz olacaktı.

Bir başına kalacaktım yine... Bilirsiniz bazen bir kişi hayatınızı çevreler. Diğer insanların dolduramadığı tüm boşlukları o doldurur. Annenizdir, kız kardeşinizdir, ağabeyiniz ya da babanızdır. Kısacası ailenizdir ama bunu ona anlatamazsınız. O size nasıl bakarsa sizden de ona öyle bakmanızı ister. Leyla ile aramızdaki sorun işte buydu. Ben ona onun istediği gibi bakmaya korkuyordum, o ise bana korkusuzca bakmaya cesaret etmişti.

Tüm bu olanlara saplanıp kalmak istemiyordum. Leyla'yı ne kadar sevsem de hayat bir şekilde devam ediyordu. Bensiz mutlu olmadığını biliyordum ama ben de onsuz mutlu değildim. Gün gelir yollarımız yeniden kesişir diye düşünüyordum. Belki de bir daha aynı sokağa çıkmazdı yollarımız.

Eve çıkıp kitapları okumaya başladım. Aslında okumak denmezdi buna, hepsini bir an önce incelemek istiyordum. Neden bu kitapları seçtiğini anlamaya çalışıyordum.

Belli bir yazarın kitaplarını okumuyordu. Hepsi farklı yazarlara aitti ve çok eski kitaplardı. Günümüzden bir şeyler okumaması ilginç gelmemişti bana. Ben de eskiyi severdim, eski olan ne varsa merak ederdim. Bu kitaplar da ilgimi çekmişti. İncelemek hoşuma gitmişti. Kitaplardan onu tanımak mümkün değildi, bir yolunu bulup konuşmak lazımdı ve bu cesaret istiyordu. Tanımadığınız bir insanın karşısına çıkmak kolay iş değildi. Benim için hiç kolay değildi.

Odamda kaç saat kaldığımı hatırlamıyorum ama odadan çıktığımda beynim tıklım tıklım dolmuştu. Babam her zamanki gibi divanda uzanıyordu ama uyumuyordu. Televizyon açıktı ama onu da izlemiyor gibiydi. Beni görünce uzun zamandır sormadığı bir soruyu sordu.

– Ulaş hiç arıyor mu?

– Pek değil baba.

– Gelir mi acaba? Özledim onu.

– Sanmıyorum baba.

– Konuşsana onunla, belki gelir ama çağırdığımı söyleme.

– Neden?

– Söyleme işte.

– Tamam baba ararım.

– Belki gelir, çok uzun zaman oldu.

– Gelir neden gelmesin?

– Bilmem.

– Gelir gelir, sen bunları düşünme ben hallederim.

– Her şeyi sen hallediyorsun zaten. Ne yaptın bütün gün odada?

– Hiç. Kitap okudum.

– Nereden çıktı bu kitap aşkı? Şu giriş kattaki kız yüzünden mi yoksa?

– Ne ilgisi var baba?

– Bilmem. Hayattaki her şeyin bir şeylerle ilgisi vardır.

– O da doğru.

– İstersen odadaki çerçeveyi kaldır.

– Hangisini?

– Benim yazdığımı.

– "Kimseye güvenme" diyordun? Fikrini değiştiren nedir?

– Fikrim değişmedi ama istersen kaldır.

– Kaldırmama gerek yok baba. Alıştım.

– Güveniyor musun peki herkese?

– Zaman zaman...

– Annenle kız kardeşinin mezarına gidelim mi? Özledim.

– Gidelim tabii...

– Yarın sabah olur mu?

– Olur baba.

Annemi de kız kardeşimi de çok özlüyordum. Aradan yıllar geçmişti ama bu özlem bitmiyordu. Leyla'nın da gidişiyle hepten çaresiz kalmıştım. Bilirsiniz insanın hayatına birini dahil etmesi kolay iş değil. Hele ki birini kaybettikten sonra başka biri ile yeniden arkadaşlık kurmaya çalışmak her şeyden zor. İnsan korkuyor. Yeniden aynı şeylerle karşılaşmamak adına bir ömür yalnızlığı bile seçiyor. Aslında çerçeveyi kaldırmamamın gerçek nedeni buydu. Leyla gitmeseydi babamın dediğini yapar o çerçeveyi oradan alırdım ama yapamadım işte. "Kimseye güvenme" demişti babam ve biraz da olsa haklı çıkmıştı. Zor zamanlar da geçirmiyordum ama hiç gitmez sandığınız biri gidince gerçekten zor zamanlar geçirebiliyorsunuz.

Kendimi bunda da bir hayır olduğuna inandırıyordum çünkü başka çıkar yolum yoktu. İnsan inandıklarıyla var oluyordu ve sadece inandığı sürece yaşama devam edebiliyordu. Herkes bir şeylere inanmalıydı. İnandığının ne olduğuyla ilgilenmeye gerek yoktu. Bir şeylere inanan insan her zaman var olmak için mücadele ederdi ve bir şekilde hayata tutunurdu. Ben şimdi neye inanacaktım peki? Gitmez dediğim ve istediğini vermediğim anda giden Leyla'ya mı? Yoksa kimseye güvenme diyen babama mı? Çapraz'a da inanamazdım çünkü inanılır bir şekilde yaşamıyordu. Fahrettin Amca'ya inansam onun da hikâyesini bile anlayamıyordum. Ağabeyime inanırım diye düşündüm ama o da bir mesaj verip gitmişti yanımdan. Fena bir mesaj değildi aslında, "Hayat kolaydır" demişti ve beni buna az da olsa inandırmıştı. Ben artık mor şemsiyeli kıza mı inanmalıydım yoksa? Ona da inanmak olur iş değildi çünkü varlığı yokluğu gibiydi.

Evden çıkmadım. Bir şeyler yazmaya karar verdim o gece... İçimde ne varsa kâğıtlara dökmek istedim. En azından yazdığım cümlelere inanırım diye düşündüm. Böylesi çok daha güzel olabilirdi.

Başka Bir Şey

Biliyorum aynı şeylere inanmıyoruz.
Ve yerçekimine inat yükseliyorsun gözümde.
Oysa başka tarafındayım hayatın.
Gördüğümden fazlası değilsin biliyorum.
Uzun cümlelere gerek yok korkuyorum.

İnsan insanı kaybeder bilirsin.
Ve inançlardır tüm uzaklaşmaların sebebi.
Aynı renkleri giysek bile başka renklere âşığız.
Duyduğumun ötesine geçemezsin biliyorum.
Uzun cümlelere gerek yok korkuyorum.
Hep daha fazlasını ister kimileri.
Bazıları ise azın da azına razıdır her zaman.
Çürümeye yüz tutmuş bir elma gibiyiz.
Tattığım her noktada varsın biliyorum.
Uzun cümlelere gerek yok korkuyorum.

Gökyüzü ile yeryüzü arasında sıkışıp kalmışız.
Ne eğilmenin faydası var ne zıplamanın.
Sıcaklığını hissedebileceğim kadar yaklaşmıyorsun.
Dokunduğum zamanları özlüyorum.
Uzun cümlelere gerek yok korkuyorum.

Her şey gibi bir son buluruz biliyorum.
Karanlığın içindeki aydınlığa âşığız.
Bir sokak aralığında kaybolmuşuz habersiz.
Kokun kadar kayıp tüm çiçeklerin varlığı.
Uzun cümlelere gerek yok, korkuyorum.

Yazmak iyi geliyordu. Sanki birileriyle konuşmak gibiydi. Ne yazdığımın önemi yoktu, bazen birkaç cümle bazen bir şiir olup çıkıyordum kendi karşıma. İnsan biraz da bu yüzden yazıyor sanırım. Kendisiyle yüzleşmek için. Belki de korkularıyla...

Sabah uyandığımda karşımda babamı gördüm. Takım elbisesini giymişti, bir de çiçek almıştı. Kahvaltı soframız da hazırdı.

- Hadi Aras hadi.

- Ne zaman kalktın sen? Ne ara hazırlandın baba?

- Çok oldu ben kalkalı. Kahvaltımızı yapalım da gidelim.

- Tamam baba. Ben de hazırlanayım.

- Takım elbise mi giyeceksin?

- Giyeyim istersen?

- Giy tabii...

Babamla beraber kahvaltımızı yaptıktan sonra ben de hazırlandım. Sanki her şeyin farkındaydı babam. Leyla'nın da, adını bilmediğim mor şemsiyeli kızın da... Oturduğu yerden bu kadar çok şeyi anlamasının açıklamasını kendime yapamıyordum ve şaşırıyordum. Babam lacivert bir takım elbise giymişti ben de gri bir takım giydim ve merdivenlerden yavaş yavaş inmeye başladık.

Leyla'ya rastlarız endişesi vardı içimde ama rastlamadık. Küçük adımlarla yürüyorduk. Çapraz'a selam verdim. Babam da selam verdi benim ardımdan... Çocukluğumdan bu yana onunla konuşmamı istemiyordu ama artık büyümüştüm ve bana eskisi gibi karışmıyordu. Kadıköy'den vapura binip Beşiktaş'a geçtik, oradan mezarlığa...

İnsan acısını anlatamaz ama yaşayabilir. Biz de o gün acımızı yeniden yaşıyorduk. En içimize işlemiş olan bu acı her buluşmada hem babamı hem de beni daha çok yoruyordu. Babam mezar başında annemle konuşuyordu. Çok sesli konuşulmasını sevmezdi annem. O yüzden fısıldıyordu babam:

"Ulaş gelemedi. Yurtdışında ama geldiğinde onu da getiririm. Şimdilik Aras'la geldim. Doğum gününü unuttuğunu düşünmüştüm ama o her zamanki gibi beni şaşırttı. Daha önceden gelip sevdiğin çiçekleri başucuna bırakmış. Belki Ulaş da gelmiştir. Sen daha iyi bilirsin, burada olan sensin Rana. Çok özlüyorum seni ama faydası yok bilirsin. Duru, canım kızım, seni de çok özlüyorum. Daha sık gelmeye çalışacağım, kalbim müsaade ettikçe burada olacağım. Yine geleceğiz. Ulaş da gelecek. Sarılın birbirinize üşümeyin."

Babamın fısıltıları gözlerimi doldurmuştu ama bunu ona belli etmedim. Yine küçük adımlarla ayrıldık mezarlıktan... Babamın kendine gelmesi için yolu uzattım. İskeleye geldiğimizde bir çay içelim dedim.

– E baba? Epeydir çıkmıyorduk beraber, iyi geldi mi?

– Gelmez mi oğlum? Daha sık çıkalım.

– Olur baba. Annemi çok seviyordun değil mi?

– Hepinizi çok seviyorum.

– Bizden başka sevdiğin bir şeyler var mı?

– Vapurları seviyorum işte...

– Başka baba? Unuttuğun bir şey var mı?

– Bir de Beşiktaş'ı tabii...

– Ağabeyimle beni maça götürmüştün.

– Yine götürürüm.

– Ne zaman gideriz?

– Ulaş gelsin gidelim.

– Tamam baba.

Bu ziyaret babama da bana da iyi gelmişti ama babamın ağabeyim konusundaki ısrarını anlamıyordum. Döner miydi bilmiyordum ama onunla konuşacaktım. Babama hâlâ kızgın olamazdı. Her şey geçmişte kalmıştı ve biz artık çok iyi hissetmeliydik. Yurtdışında neler yaptığı konusunda hiçbir fikrim yoktu. Neden bizden bu kadar uzaklaştığını da bilmiyordum ama yine de onu anlıyormuş gibi yapıyordum. Dönse babamdan çok ben sevinirdim ve bunu ona anlatacaktım.

Eve döndüğümüzde onu aradım. Uzun zaman sonra ilk kez arıyordum. Bu süre zarfında o da beni aramamıştı ama aramızda hiçbir soğukluk yoktu.

– Nasılsın ağabey?

– İyiyim, sen nasılsın?

– İyiyiz biz de...

– İyi güzel bakalım. Hayırdır nereden çıktı bu arama şimdi?

– Özledik ağabey seni. Gelecek misin?

– Burada iyiyim ben.

– Gelsen iyi olur.

– Ne oldu oğlum? Bir şey mi var?

– Aslında bir şey yok.

– O zaman?

– Gel yine de... Anneme söz verdim getireceğim onu da dedim.

– Gelmeye çalışırım.

– Ne zaman?

– Bilmiyorum, konuşuruz.

– Bu ay içinde gelirsen iyi olur.

– Ararım.

– Tamam ağabey.

– Gelirim merak etme.

– Tamam ağabey, hoşça kal.

O kadar hızlı bir konuşma olmuştu ki nasıl bittiğini bile anlayamamıştım. Babamın nasıl olduğunu sormamıştı, belki de hâlâ ona kızgındı. Ben de o yüzden ona babamdan değil de annemden bahsettim çünkü o da ben de anneme kıyamazdık. Aradan çok değil birkaç gün geçti ve henüz sabah ezanı okunmamışken kapı çaldı.

Sekizinci Bölüm

Bazı şeyler için kaç hakkın kaldığını bilmiyorsun.
Mesela kaç sabaha daha uyanacaksın haberin yok.

Uyku sersemi kapıda Fahrettin Amca'yı gördüğümde çok kötü bir haldeydi ve o halde merdivenleri nasıl çıktığı konusunda hiçbir fikrim yoktu. Apar topar ambulansı aradık ve Fahrettin Amca'yı hastaneye kaldırdık. Belki biraz kalsak aramızdan ayrılacaktı belki de henüz son nefesini vereceği zaman gelmemişti.

Başında bekledim bütün gün, daha da garibi hastanenin kapısında bekleyen biri daha vardı, Çapraz. Onun neden orada olduğunu bilmiyordum ama olayın ilk anından itibaren hastaneden hiç ayrılmadı. Oysa Fahrettin Amca onunla hiç ilgilenmezdi hatta sokakta birilerinin yaşaması gerektiğini düşünürdü. Bundan Çapraz'ın haberi var mıydı bilmiyordum. Belki de onun böyle düşündüğünü bilse hastane kapısında beklemezdi.

Kantinden sıcak bir çay ve simit alıp kapıya çıktım.

– İyi mi?

– İyi Çapraz iyi.

– Gerçekten iyi mi?

– Gerçekten iyi.

– Kalp krizi mi yine?

- Evet ama sen nereden biliyorsun?

- Bilmiyorum.

- Al şu çayı iç bakalım, simidi de ye...

- Tamam.

- Akşama doğru çıkarabilirlermiş, belki de yarın.

- Tamam beklerim ben.

- Bekle bakalım Çapraz. Nöbetleşe bekleriz artık.

Çapraz bu mahallenin eskilerindendi ve Fahrettin Amca'nın daha önce de kalp krizi geçirdiğini biliyordu. Benim olandan bitenden haberim yoktu. Aslında birçok şeyden haberi olmayan kişi bendim, herkes her şeyin farkındaydı benim dışımda...

Bir çay da kendime aldım ve Çapraz'ın yanına oturup içmeye başladım. Simidinden bir parça uzattı yedim. Aç değildim ama ikram geri çevrilmezdi işte. Fahrettin Amca'nın iyileşmesi beni mutlu etmişti. Nedense Çapraz da en az benim kadar mutlu olmuştu. Oysa aralarında bir şey yoktu hatta Fahrettin Amca ondan pek hoşlanmazdı. Yine de hastaneye gelmesi ve beklemesi güzel bir vefa örneğiydi.

Ertesi gün Fahrettin Amca'yı hastaneden çıkardık. Ne bir dostu vardı ne de yakını... Zaten biz de haber verecek kimseyi bulamamıştık. Kendi halindeki bu adamın bu kadar servetle ne yaptığını anlamış değildim. Hayattaki hiçbir şeyin bir sınırının olamayacağını biraz da ondan öğrenmiştim. Sahip oldukları belki de ömrünün sonuna kadar yeterdi ama durmadan servetine servet katıyordu ve neden böyle yaptığını o anlatana kadar anlamayacaktım.

Doktor kendisine dikkat etmesi gerektiğini söylemişti ama dikkat etmezdi ve ona da dikkat etmesi gereken kişi ben olacaktım. Onu evine yerleştirdikten sonra bizim eve çıkacakken konuşmaya başladı.

– Kasaya yaklaştın Aras.

– Anlamadım Fahrettin Amca.

– Zamanı geldi mi dersin?

– Allah bilir orasını ama iyi görünüyorsun.

– Kasa senin.

– Sen iyi ol da gerisi önemli değil Fahrettin Amca. Bir isteğin var mı?

– Yok yok. Olursa çağırırım seni.

– Tamam.

Fahrettin Amca'yla konuştuktan sonra aşağıya inip bakkaldan bir şeyler aldım. Evde yiyecek bir şey yoktu ve babam için de bir şeyler hazırlamalıydım. O da son zamanlarda iyi görünmüyordu. Özellikle mezarlık ziyaretimizden sonra daha da duygusal olmuştu, üzerine bir de ağabeyimin yokluğu ekleniyordu her seferinde...

Bakkaldan hazır çorba ve makarna alıp eve doğru yürümeye başladım. Yol üzerinde kitapçıda gördüğüm kızı gördüm, o da tam o sırada apartmandan içeri giriyordu. Onunla yine konuşamamıştım. Onu izlediğimi fark etmiş olacak ki Çapraz hemen konuşmaya başladı.

– Bu kız kim Aras?

– Tanımıyorum.

– Kitapları okuyan kız mı yoksa?

– Evet evet. Sizden bir şey saklayamam öğrendim artık bunu.

– Fahrettin Bey nasıl?

– İyi çok iyi. Ziyaret etmek istemez misin?

– Girememem ben oraya.

– Neden?

– Giremem işte ama iyi olması güzel.

– Çok iyi kendisi... Bir şey olursa benden önce senin haberin olur zaten.

– Kızın adını biliyor musun?

– Bilmiyorum Çapraz.

– İyi ben biliyorum.

– Neymiş?

– Çok merak ediyorsan git sor.

– Sorarım. Kolay gelsin sana.

– Sana da Aras.

Sanki herkes her şeyi biliyordu ve bir şeyleri gözden kaçıran sadece bendim. Sorsam söylemiyorlardı ama ben onların tüm sorduklarını cevaplıyordum. Aptal mıydım yoksa onlar mı çok akıllıydı? Ben mi etrafımdan çok habersizdim yoksa onlar mı çok dikkatliydi? Çözemiyordum hiçbir şeyi ve bunca karmaşaya rağmen hepsini seviyordum. Sanırım beni var eden şey buydu, kaos.

Eve çıkıp yemek için bir şeyler hazırladım. Babam müzik dinliyordu ve eskilere dalmış gibi bir hali vardı. Gözleri dolu doluydu, biliyordum onları özlüyordu ama bu hayatta hiçbir güç gideni geri döndüremiyordu. Elimden bir şey gelmemesi beni ne kadar üzse de onun yanında olmak mutlu ediyordu. Ah bir de ağabeyim olsaydı her şey çok başka olurdu. Babam onu çok özlüyordu ve artık gelmeliydi. Yemekten sonra odama geçip onu bir kez daha aradım. Açmadı. Aradan birkaç saat geçmişti ki o beni aradı.

– Beni aramışsın.

– Evet ağabey. Bir şey soracaktım sana.

– Sor bakalım.

– Hayat odama astığın bu çerçevenin içindeki yazı gibi midir gerçekten?

– Gerçekten öyledir Aras.

– Hayat kolaydır diyorsun. Peki neden zorlaştırıyorsun?

– Zorlaştırmıyorum ki? Geleceğim.

– Gelsen iyi olur.

– Bir şey mi oldu yoksa?

– Bir şey olmadı ama gelmen lazım sadece bunu bil.

– Geleceğim.

– Babamın selamı var.

– Peki.

– Görüşürüz ağabey.

– Görüşeceğiz.

İşte böyle bir adamdı ağabeyim. Hem çok iyi hem çok uzak. Her şeyden kaçtığını söyleyemem ama yakınında olmadığı şeylerden hep kaçmış gibi görünür insan. Babamın selamını bile almamıştı. Neyin nefretiydi bu bilmiyordum. Ona da artık soramıyordum. Babama da yalan söylemek zorunda kalıyordum. "Ağabeyimin selamı var, işlerini halledip en kısa zamanda gelecekmiş" diyordum. Bence işin aslını biliyordu ama inanmış gibi yapıyordu. Bazen bir yalana inanırsınız ve o yalan sayesinde dünyanın en mutlu insanı olursunuz. İşte babam da o inandığı yalanın mutluluğunu yaşıyordu. Bense çaresizliğimin tükenişini...

Sonuna gelemiyordum kalbimin ve aradığımı bulamıyordum yok olup giden ömrüme inat. Ne yaptığımı da neden yaşadığımı da bilmiyordum. Bir rüyanın peşinde sürüklenmişken kendimi hiç tanımadığım bir kadının okuduğu kitapların satır aralarında arıyordum. Ah bu ben diyordum ah bu ben ne de çaresiz bir haldeyim. Aşkı bulacağım derken akla mı yoksa kalbe mi yenilenlerdenim? Gitmek istiyordum. Yalnızlığımı alıp gitmek. Her şeyden uzaklaşıp bir sahil kasabasında tükenişimi izlemek istiyordum. Evet evet tam da böyle düşünüyorum. İnsan her gün bir parça daha tükenir ve tükenişi sona yaklaşmasıdır aslında... Yaklaştığınız her son güzeldir çünkü sizi başka bir şeye götürür. İşte ben o başka bir şeyi ararken tükenmeyi seviyordum. Peki o? Onun başka bir şeyden haberi var mıydı?

Her gece sayfalarca yazılar yazıyordum ve bir yandan babamın üzüntüsünü kalbimde biriktirirken bir yandan Leyla'nın aşkına veremediğim cevabın vicdan azabını çekiyordum. Belirsizliği iyiden iyiye çıkmaz bir yola sürüklemiştim. Kaybetmekti bu ve aşk belki de bunu istiyordu. En iyi arkadaşımı kaybetmemi...

Uyuyup uyanıyordum ve adını bilmediğim o kızın peşinde geziniyordum. Elimdeki kitaplar çoğalıyordu ama ben onu tanıyamıyordum. Bu şekilde bir insanı tanımak çok da kolay değildi ama başka bir seçeneğim de yoktu. Sonuçta birinin karşısına dikilip "Ben rüyamda mor şemsiyeli bir kız gördüm, o siz misiniz?" diye soramazdınız. Sorsanız bile cevap alamazdınız çünkü bu hemen hemen herkese çok saçma gelirdi. Hatta bu duruma inanmayıp bir tanışma bahanesi olduğu bile düşünülebilirdi ve ben böyle bir tanışma istemiyordum.

O gün de kitapçıya bir kitap bıraktı ve ben de tabii o kitabı aldım. Çoğalan kitaplara inat sanki ondan uzaklaşıyordum. Elimde bir şeyler olmasına rağmen ona yaklaşamıyordum. Tek yapabildiğim şey onunla aynı kitaplara dokunmaktı. Bıraktığı kitabı alıp sahilde bir banka oturdum ve okumaya başladım. Okuduğu kitapları ben de sevmeye başlamıştım ama istediğim şey bu değildi. Benim isteğim onu tanımaktı ortak noktalar keşfetmek değil. İlk defa bir cümlenin altını çizdiğini görmüştüm ve o cümle de "başka bir şey" idi.

Aradığımız şey bu muydu gerçekten? Başka bir şey mi arıyorduk yani? İkimiz de başka bir şey arıyorsak ve bulamıyorsak bizim yolumuzu kesiştirmeyen, benim gördüğüm rüyaları ona göstermeyen şey neydi? Ya da ben nasıl haberdar olacaktım onunla aynı rüyaları görüp görmediğimizden?

Cevapsız sorular birikiyordu ve içtiğim gazoz sayısı günden güne artıyordu. Yalnız başına içilen gazozları seviyordum ama onu tanırken içeceğim gazozu daha çok sevebilirdim. Zamanın nasıl geçtiğini anlamamıştım ve eve dönmem gerekiyordu. Apartmana girdiğimde çocukluğumdaki o patates kızartması kokusunu yine almıştım ve ikinci katın kapısını hafif aralık gördüm. Bunu Leyla bilerek yapmıştı. Belki kendini hatırlatmak istemişti belki de bir tesadüftü... Ben de kapının önünden geçerken çok sevdiğim gazoz kapaklarından birini bilerek düşürdüm. Belki bir gün karşıma o kapakla birlikte çıkardı.

Eve girmeden önce Fahrettin Amca'ya uğradım. Gayet iyi görünüyordu ve her şey yolundaydı. Eve yine birileri gelmişti çünkü masanın üzerinde para zarflarından duruyordu. Gözümün oraya iliştiğini görünce:

– Her şey yolunda mı Aras?

– Yolunda Fahrettin Amca. Sen nasılsın?

– İyiyim iyiyim, atlattık artık.

– Çok şükür.

– Var mı bir ihtiyacın?

– Yok. Sizin?

– Teşekkür ederim oğlum.

– Ben yine uğrarım.

Babamın yanına çıktığımda da değişen bir şey yoktu. Böyle bir hayatı yaşayıp yaşamamak istediğimden emin olamıyordum. Yine plak dinliyordu babam ve özlemini inatla o pikabın içine gömüyordu. Ben de ona odamdan eşlik ediyordum ve o şarkılar eşliğinde bir şeyler yazıyordum ama başka bir şeyler...

Defterimde yaşadığım her an için bir yazı vardı. "Şu an için bir yazı" adı altında sayısız anı kaleme almıştım ve onları okudukça o anlarımı tekrar yaşıyor, çok daha fazla seviyordum. Her anın değerini o sayede öğrendim ben. An dediğimiz geçiyordu, geriye sadece hatırlayabildiklerimiz kalıyordu.

O gece inanılmaz bir yağmur başladı. Camdan dışarı baktığımda sokak lambasının altında Çapraz'ı gördüm. Ellerini iki yana açmış sessiz çığlıklar atıyordu. Ne yaptığını anlamıyordum. Yağmur yağdığında böyle davranmasının bir anlamı olmalıydı. Sessizce açtım kapıyı ve usulca merdivenlerden aşağı indim. Apartmanın kapısını açıp Çapraz'a seslendim.

– Gel buraya ıslanıyorsun.

– Nereye?

– Buraya. Gir apartmana...

– Olmaz.

– Olur olur. Gel hadi.

Zorla apartmana sokmuştum Çapraz'ı. Yine sırılsıklam olmuştum. Soru sormak istemiyordum ama bir yandan da merak ediyordum.

– Neden sağa sola saklanmıyorsun? Hasta olacaksın be adam.

– Bir şey olmaz ki.

– Nasıl olmaz?

– Olmaz işte yağmurdan zarar gelmez. Kazandık bak.

– Ne kazandık Çapraz?

- Kazandık işte.

- Ama ne kazandık söylesene?

- Kazandık.

- Tamam kazandık. Yağmur durmadan çıkma buradan. Çıkarsan bir daha seninle konuşmam.

- Tamam.

İlla normal olmayan bir adam beni bulacaktı. İlla hayata çok başka bakan insanlarla karşılaşacaktım. Başka türlü yaşayamazdım ben. Kabul etmiştim artık benim hayatım buydu. Aşk uzaklardaydı, yakınımda olan tek şey babam, Fahrettin Amca ve Çapraz'dı. Leyla kendi isteğiyle uzaklaşmıştı, mor şemsiyeli kıza gelince adı bile kayıptı. Bense aynadaki varlığıma inat yok gibiydim.

İnsan tam da böyle olunca yoruluyor ve işin içinden çıkamıyor. Rüyalarıma olan inancım bitmiyordu. Kalbimin karşılığını öyle bulacaktım ve o günü sabırla bekliyordum. Mor şemsiyeli kızla tanışacağım o günü...

Eve çıkıp yeniden odama girecekken babamın uyumadığını fark ettim ama sesimi çıkarmadan odaya geçtim ve üzerimi değişip yattım. Düşünüyordum. Yastığa başını koyduğu anda uyuyan insanlardan olamamıştım hiçbir zaman ama yataktan ayrılamayanlardan da olmadım. Nasıl uyuduğumu bilmiyorum ama gecenin bir yarısı nasıl uyandığımı biliyorum.

Kapı çalıyordu ve babam kapının çalmasını nasıl duymuyordu anlamıyordum. Uyku sersemi bir şekilde kapıyı açtım ve karşımda ağabeyimi gördüm. Yıllar sonra hem de... O kadar başka gelmişti ki bana o an. Bu evden gidişini anımsadım bir an. Beni bir başıma bırakışını... Her şeyin onun için iyi olmasını dilemiştim hep ve sanırım öyle de olmuştu.

Gülümseyerek sarıldı bana. Yılların özlemini gideriyorduk ve bu öyle iyi geliyordu ki... İki bavulunu sağına ve soluna bırakmıştı. Kapının ağzında hasret gideriyorduk. Ağlıyordum çünkü bu çok başka bir mutluluktu ve o da ağlıyordu. Sanki anneme ve kız kardeşime de sarılıyordum. Sanki çocukluğuma geçip giden yıllarıma sarılıyordum. Hiç beklemediğim anda dönmesi beni öylesine mutlu etmişti ki kelimelerle anlatamazdım.

Babama dönüp "Uyan baba uyan ağabeyim geldi" dedim. Cevap vermedi. Ağabeyim de "Döndüm baba" dedi ama yine cevap vermedi. Bu gece buna hazır değildik, her şeye hazırdık ama babamızı kaybetmeye hazır değildik.

Uyan baba uyan!

Dokuzuncu Bölüm

İnsanı yaşatan da öldüren de zaman.
Sen sadece zamanın sana ne yapacağına karar ver.

Babamın uyuduğunu anladığımızda ikimiz de çok mutlu olmuştuk. Meğer koskoca adam gök gürültüsünden korktuğu için kulaklarına pamuk tıkayıp öyle yatmıştı. Çapraz için aşağıya indiğimi de demek ki o yüzden duymamıştı.

– Brontofobi var oğlum bende.

– Nasıl yani baba?

– Gök gürültüsünden korkuyorum ben.

– Senden sürekli bir şeyler öğreneceğiz anlaşılan. Ağabeyim geldi.

– Ulaş mı geldi? Nerede?

– Aşağıda baba valizini alıp geliyor.

– Çok şükür.

Yıllar sonra gerçekleşen bu buluşma üçümüzü de çok mutlu etmişti. Artık beraberdik ve bir daha ayrılmaya niyetimiz yoktu, tabii ağabeyimin düşüncelerini bilmiyordum. Yanımızda kalması beni mutlu ederdi ama şartlar neyi gösterirdi onu da zaman bize anlatacaktı. Ağabeyim babama hiç ummadığım kadar sıcak davranmıştı. Bunun nedenini anlamamıştım ama babamın yaşlanmış olması olabilirdi. Ne hissettiğini çok merak ediyordum. Kısa bir süre konuştuktan sonra ağabeyimle odaya geçtik.

– Bu çerçeve hâlâ duruyor mu?

– Kaldırmak istemedim.

– Neden?

– Bilmem. Alıştım galiba.

– E benim çerçeveyi de kaldırmamışsın.

– İkisini birleştirdim ben, öyle yaşıyorum.

– Kimseye güvenmediğin bir hayat kolay olabilir mi Aras?

– Bilmem. Olamaz mı?

– Sanmıyorum.

– Ben bununla ilgilenmiyorum ağabey.

– Neyle ilgileniyorsun? Rüyalarla mı?

– Aslında evet onlar hep var.

– Değişen bir şeyler var mı peki? Buldun mu kalbini?

– Kalbimi?

– Evet. İnsan kalbini başkasında bulmasaydı onu bu kadar çok sevebilir miydi?

– Böyle düşünmemiştim. Yani çok sevdiğimiz kimse kalbimiz onda mıdır?

– Öyle de diyebiliriz.

– Sen buldun mu peki?

– Bir zamanlar evet.

– Şimdi peki?

– Anlatırım. Hayat istediğimiz gibi devam etmiyormuş.

– Neden ansızın döndün peki?

– Öyle gerekti.

– Ben çağırdığım için mi?

– Doğruyu söyleyeceğim. Hayır.

– Peki ağabey.

– Uyuyalım mı? Sabah devam ederiz.

– Tamam iyi geceler.

– Güzel rüyalar...

Yine neler oluyordu bilmiyordum. Aklımı kurcalayan onca soruya bir de ağabeyimin getirdiği sorular eklenmişti. Kaçar gibi gelmişti ve nedenini bilmiyordum. Ani dönüşler beraberinde sorunlar getirirdi. Onun bize yeni sorunlar getirmediğini umarak gözlerimi kapadım. Sabah herkesten önce kalkıp bir şeyler almak için aşağıya indim. Adını bilmediğim mor şemsiyeli kıza yine denk gelmiştim. Bu sefer hızlı adımlarla koşarcasına yürüyordu. Peşinden gittim. En az onun kadar hızlıydım ve beni fark ettiğini anlamıştım. Yine de sanki kendi yolumdaymışım gibi devam ettim. Kitapçıya girdi, o çıkana kadar bekledim. Çıkar çıkmaz içeri girip bıraktığı kitabı aldım.

– Siz tanıyor musunuz bu hanımefendiyi?

– Tanıyorum sayılır neden sordunuz?

– Bütün bıraktığı kitapları alıyorsunuz. Nedenini merak ettim.

– Bir nedeni yok sadece birileriyle aynı şeyleri okumayı seviyorum.

– Peki dediğiniz gibi olsun.

– Gerçekten öyle. İyi günler.

Kitabı alıp benim için adı mor şemsiyeli kız olan kişiyi takibe devam ettim. Tabii iskeleden geri dönmek zorunda kaldım yoksa işyerine kadar gidebilirdim. Babam ve ağabeyim uyanmıştır ve muhtemelen beni bekliyorlardır. Aynı hızla eve döndüm. Elimde bir kitap ve birkaç çeşit kahvaltılıkla...

Apartmana girip ikinci kattan ışık hızıyla geçtikten sonra Fahrettin Amca'nın kapısını çalıp kahvaltıya davet ettim. O da beni kırmayıp yukarıya geldi ve hep birlikte kahvaltı yaptık. Kahvaltının ardından ağabeyim sehpanın üzerine bıraktığım kitabı işaret ederek:

– Görüşmeyeli pek çok şey değişmiş Aras.

– Pek değişen bir şey yok.

– Daha ne değişsin oğlum kitap okumaya başlamışsın.

– Evet okuyorum.

O sırada babam söze karışarak:

– Onunki kitap okumak değil. Başka bir şey.

– Nasıl başka bir şey baba?

– Başka bir şey işte. Bir rüya meselesi biraz da aşk.

– Rüyayı anlarım da, aşk mı?

Bıraksam bütün gün beni çekiştirebilirlerdi.

– Başka konu mu kalmadı ağabey? Anlatırım ben sana.

– Anlatacaksın tabii... Ben yokken gördüğün rüyaları merak ediyorum. Bu arada aferin sana, babama çok iyi bakmışsın.

– Elimden geleni yaptım.

– Belli belli...

Uzun uzun sohbetlere dalmıştık ama ağabeyim kendi durumundan hiç bahsetmiyordu, varsa yoksa babam ve benimle ilgili sorular soruyordu. Benim sorduğum sorularaysa pek cevap vermiyor, ustalıkla geçiştiriyordu. Öğleden sonra mezarlığa gidecektik. Bu acele neydi bilmiyordum ama ağabeyim özledim diyordu ve ben bu durum karşısında bir şey söyleyemiyordum.

O gün üçümüz birlikte annemi ve kız kardeşimi ziyaret ettik ve ağabeyim sanki yılların özlemini yaşarcasına ağladı. Bir kazayla bütün ailemiz dağılmıştı, şimdi ne kadar birlikte olsak da hepimizin hayatta olduğu bir an her şeyden özel ve güzel olurdu. Yalnızlaşmıştık ve bunu her ziyaretimizde daha da iyi anlıyorduk. Babam çok üzgündü ama bizim yanımızda üzüntüsünü çok belli etmek istemezdi. Zaten onun ağladığını gördüğüm zaman görmezden gelirdim. Hepimiz biraz da olsa oyuncuyuzdur ve rol yapmadan yaşayamadığımız zamanlar olur.

Babam bizler de istersek eski evimize taşınabileceğimizi söyledi ve ikimizden de tüm yaşattıkları için özür diledi. Onu böyle görmek beni üzmüştü. Pişmanlık insanı belki de çok daha fazla yaşlandırıyordu ve babam da bu pişmanlığın yorgunluğu içindeydi.

Beşiktaş sahilde oturup gazoz içtik. Tabii ki kapaklarını ben aldım ve içlerine isimlerimizi yazdım. Seviyordum anılar biriktirmeyi ve beni mutlu eden şeylerden biri de buydu zaten. Hayatın içinde kaç defa mutlu oluyoruz ki? Ben çok olmadım ama olduğum anlar tüm ömrüme bedel diyebilirim. Küçük bir mutluluğunu bile hatırlasa insan iyiden iyiye güzelleşiyor. Ben de o günün güzelleşeniydim işte...

– Zaman ne çabuk geçiyor baba ve neler yaşatıyor bize...

– Haklısın Ulaş çok üzdüm sizi...

– Ben onu söylemek istemedim aslında.

– Olsun ben söylemek istiyorum. Her şey için çok üzgünüm çocuklar. Sizleri çok daha güzel büyütebilirdim ama yapamadım.

– Biz gayet güzel büyüdük baba. Öyle değil mi ağabey?

– Öyle tabii ki... İnsan yaşaması gereken ne varsa yaşıyor. Geçmişi düşünüp birilerini suçlamaksa hiçbir şeye yaramıyor. Şu an birlikteyiz ve her şey yolunda. Daha fazla geçmişe takılmaya gerek yok.

– O halde gazozlarımızı hayat kolaydır için kaldırıyoruz.

– Evet hayat kolaydır.

– Baba sen bir şey demedin.

– Haklısınız çocuklar böylesi daha güzel. Hayat kolaydır.

O an üçümüz hayatın kolay olduğuna inanmıştık ve gazozlarımızı o cümle eşliğinde içmiştik. Bu anı çocukken yaşasam bu kadar anlam yükleyemezdim. Yaşadığımız her anın yaşandığı zamana göre başka bir değer kazandığını da yaşadıklarımdan öğreniyordum. Artık güzel bir hayatımız olacaktı yani ez azından ben öyle umuyordum.

– Bir Beşiktaş maçına daha götürürsün artık baba.

– Götürürüm tabii. Sen döndün ya o bize yeter Ulaş.

– Döndüm dönmesine de, ne kadar kalırım bilmiyorum.

– Şimdi bunları konuşmayalım. Kimsenin acelesi yok.

– Haklısın baba.

Ağabeyim gideceğinin sinyallerini veriyordu ve ben bu söylediklerini duymazdan gelmek istiyordum. Ona eskisinden daha çok ihtiyacım vardı. Daha Leyla'yı konuşacaktık, mor şemsiyeli kızı anlatacaktım ona... Kalbimi nerede kaybettiğimi belki de onun sayesinde bulacaktım ama şimdiden gitmenin hesaplarını yapıyordu.

O gitmeden bazı şeyleri çözmeliydim özellikle şu gönül meselesini... Akşamüzeri Kadıköy'e geldiğimizde onlara eve geçmelerini benim biraz işim olduğunu söyledim ve yanlarından ayrıldım. Aslında hiçbir işim yoktu, sadece Leyla'yı görmüştüm ve onunla konuşmak istemiştim. Beni görmezden mi gelmişti bilmiyordum ama yanımdan geçip gitti.

– Leyla?

– Merhaba Aras, görmedim seni...

– Olur öyle, nasılsın görüşmeyeli?

– İyiyim de...

– Ne yani gördüğümüzde selam vermeyelim mi?

– Bilmem. Gerek var mı?

– O derece mi nefret ediyorsun?

– Nefret etmek demeyelim ama anlamsız bir konuşma bu.

– Neden anlamsız olsun? İki eski arkadaş olamaz mıyız?

– Olamayız.

– Sevgili olma konusundaki fikrin değişmedi yani?

– Hayır değişti. Öyle bir şey de istemiyorum.

– O halde sen beni tamamen istemiyorsun artık.

– Bir şey söylemeyeceğim.

– Söylemelisin.

– Kitaplarınla mutluluklar dilerim.

– İstersen okuman için verebilirim.

– Teşekkür ederim.

– Peki. İyi akşamlar Leyla.

– Sana da Aras.

Bir insan bir insana bundan daha soğuk davranamazdı. Ağabeyimin geldiğini bile söylememiştim ona. Gerçi o da bana hiçbir şey sormamıştı. Geçmişin tüm izlerini silercesine bir rüzgâr gibi geçip gitti önümden. Belki arkasına bakar diye düşünmedim değil ama bakmadı. Bir şeylerin değiştiği öylesine belliydi ki artık biz arkadaş bile olamazdık.

Tadım tuzum kalmamıştı. Eve gitsem bizimkilere de bu durumu yansıtırım diye düşündüm. Gidecek başka bir yerim de yoktu. Eve gidecektim. Her şey olacağına varırdı ve her kalp zamanla karşılığını bulurdu. O gün gelene kadar her şeyi yalnız başıma yapacaktım. Biraz beyaz leblebi aldım, eve gitmeden önce bir de açık olan kitapçıya uğradım.

– Yeni bir kitap bırakmadı.

– Onun için gelmedim aslında.

– Affedersiniz, buyurun.

– Siz çok kitap okur musunuz?

– Okuyorum, neden?

– Aşk üzerine bir şeyler okudunuz mu peki?

– Okuduğum oldu ama bu yaşlarda pek tercih etmiyorum.

– Aşkın belli bir yaşı mı var size göre?

– Öyle de diyemem ama gençken daha güzel.

– Aşkın tanımını biliyor musunuz? Asıl merak ettiğim bu.

– Bilmem hiç düşünmedim.

– Âşık oldunuz mu peki?

– Neden bu kadar soru sordunuz?

– Boş verin, iyi akşamlar.

– Oldum.

– Nasıl bir şey anlatmak ister misiniz?

– Bir kitap hediye etsem size, bu konuyu ondan sonra konuşsak sizinle...

– Tabii memnun olurum ama ücretini ödemek isterim.

– Hediye olarak kabul ederseniz verebilirim. Bu kitabı satmıyorum.

– Peki o halde, verin okuyayım.

– Buyurun, keyifli okumalar.

– Teşekkür ederim, iyi akşamlar...

– İyi akşamlar.

Kitaplar çoğalıyordu ama ne rüyalarımın karşılığını bulabiliyordum ne de çocukluğuma sahip çıkabiliyordum. Adını bilmediğim o kıza karşı hiçbir şey hissetmiyordum ama bugün beni umursamayan Leyla hem çocukluğumda hem de yanındayken iyi hissettiğim kişi. Aşk bu muydu? Kendime bu soruyu sorduğumda istemsizce gülümsedim. Aşk kendinizi yanında iyi hissettiğiniz kişi miydi? Bilmiyordum. Cevapsız sorularımı çoğaltmaktan başka bir yeteneğim yoktu. Ve tek bildiğim bir gün kalbimi bulacağımdı.

Ağır adımlarla eve doğru yürüyordum. Yıllardır hayatımda değişmeyen bir şey vardı, Çapraz. Bütün ömrünü orada öylece bitiriyordu. Bana göre bundan daha anlamsız bir şey olamazdı ama ona göre bunun bir anlamı olmalıydı. İlk defa ona cevabını gerçekten merak ettiğim bir soru sordum.

– Aşkın tanımını biliyor musun Çapraz?

– Bilmem. Bir tanımı mı var?

– Ben de sana soruyorum işte.

– Bilmiyorum.

– Hiç âşık oldun mu peki?

– Âşık mı? Olmadım.

– Bendeki de soru işte.

– Ne demek o?

– Hayatı sokaklarda geçen bir adam aşka vakit ayırmaz ki.

– Öyle demek istemedin.

– Ne demek isteyebilirim başka?

– Sen aşktan ne anlarsın demek istedin. Sokaklardaki bir adam kimseye âşık olamaz değil mi?

– Böyle düşünmedim. Böyle düşünsem sormazdım Çapraz.

– İstediğin gibi düşünebilirsin Aras. Hiç âşık olmadım ben. Belki vaktim olmadı, belki doğru insanı bulamadım, belki de cesaret edemedim. Şimdi bu cümleyi tersten oku aşkın tanımı orada.

– Nasıl yani?

– Aşkın tanımı işte. Akıllı bir adamsın sen.

– Olsun sen söyle neymiş aşkın tanımı?

– Doğru zamanda doğru insana cesaret edebilmektir aşk.

– Üçünden biri eksik olursa aşk olmuyor mu?

– Olur olur da kalbin illa ki kırılır ve ben gerçek bir aşkın kalp kıracağına inanmam.

– Şaşırtıyorsun beni.

– Eve geç kalma Aras.

– İyi akşamlar Çapraz. Var mı bir isteğin?

– Aşkı bulman.

– Deneyeceğim, eyvallah...

Konu aşk olunca Çapraz bile çok anlamlı şeyler söyleyebiliyordu. Hiç konuşmayan bir adam aradan geçen zamanda uzun uzun cümleler kurar olmuştu ve bu cümleler şu anda bana çok iyi geliyordu. Aşkın bir tanımı varsa bile öğrenmek istemiyordum artık. Aşk sadece aşktı, bir tanıma ihtiyacı yoktu.

Elimde kitapla evin kapısından içeri girdim. Babam ve ağabeyim sohbet ediyorlardı ve keyifleri yerindeydi. Bu durum bana iyi hissettirmişti. Uzun zaman sonra onları öyle görmek gerçekten güzeldi. Bu zamanın güzel olmayanı bendim. Her şey yoluna giriyordu ama sanki ben yoldan çıkıyordum. Ne kalbimin sahibini bulabiliyordum ne de kalbimin ait olmadığı insandan uzak kalabiliyordum. Ah bu ben kendi felaketimin mimarı oluyordum.

Hayat böyledir işte bir sorun bitmeden diğeri başlar ve çözülen tüm sorunların yerini yenileri alır. Ağabeyime de aşkın tanımını soracaktım. Ve son sorduğum kişi o olacaktı. Ya çözerdim kendimi ya da aşktan vazgeçerdim.

Babamın ve ağabeyimin sohbetlerini bölmedim ve mutfağa geçip çayı yaptım. Hep birlikte bir çay içmek çok iyi olurdu diye düşündüm. Çay hazır olunca aşağıdan Fahrettin Amca'yı da çağırdım. Yalnız kalmasını istemiyordum. Tüm servetine rağmen nasıl böyle bir yalnızlık yaşayabilirdi anlamıyordum. Hadi yalnızlığını da anlayabilirdim ama bir apartman dairesinde yaşlanmasını anlayamazdım. O da anlatmazdı zaten.

Hep birlikte çayımızı içtik. Çok keyifli bir gece olmuştu ve bana bazı konularda çok fazla takılmışlardı. Ağabeyimle yine konuşamamıştık. Hikâyemde yalnızdım herkes gibi ama hayat yeni şeyler öğretiyordu. Size her şeyini anlatmayan birinin hikâyesini asla bilemezdiniz.

Onuncu Bölüm

Bir oyunun içinde olduğunuzu,
oyunu kuran müsaade ettiğinde öğrenirsiniz.
Oyun oyunu kuran istediği zaman bitmiyorsa
asla gerçek bir oyun değildir.

Zaman geçiyordu ve kalbimin hakkını veremiyordum. Biriken kitaplardı ama işin içinden çıkamıyordum. Aşk bir şans mıydı bilmiyordum ve sevilmeyeceğimden daha da ötesi birini aşkla sevemeyeceğimden korkuyordum. Bunların sebebi rüyalarım ve cesaretsizliğimdi. Kitapçının verdiği kitabı okumuştum ama yine bir şey anlamamıştım. Bana birinin yol göstermesi lazımdı ama o kişiyi bulamıyordum.

Kitapçıdan aldığım kitabı geri verdiğimde:

– Aşkın tanımını öğrenebildiniz mi?

– Henüz değil.

– Kitap işe yaradı mı peki?

– Açıkçası hiçbir şeye yaramadı.

– Ben de ilk okuduğumda anlamamıştım.

– Birkaç kez mi okumalıyım yani?

– Öyle de değil aslında...

– Ne anlamam gerekiyordu bu kitaptan? Hem siz madem âşık oldunuz tanımını da yapabilirsiniz. Öyle söylemiştiniz.

– Haklısınız âşık oldum.

- Nasıl bir şey?

- Hiç düşünmedim tanımını, sadece yaşadım.

- İlla yaşamam lazım yani?

- Onun sizi bulması lazım, tek tanımı bu.

- Aşk mı beni bulmalı? Komik değil mi?

- Bulduğunda gülüyor olmanızı dilerim.

- Yeni bir kitap var mı?

- Sormayacaksınız sandım. Bir kitap daha geldi.

- Tamam alayım onu da...

Kitaplar birikiyordu ve okumak alışkanlık halini almıştı benim için. Bu kitabı da okuyacaktım ama yine mor şemsiyeli kıza yaklaşamayacaktım. Her şey bir rüyaydı işte. Yüzünü görmüyordum. Her şey mor bir şemsiyenin etrafında şekilleniyordu ve ben de etrafında dönüp duruyordum. Bir şeye yakın olmak ama dokunamamak. İşte bu gerçekten zormuş.

Eve gittiğimde ağabeyim odada uzanıyordu. Ona içinde bulunduğum durumu anlatacaktım ve bir şeyler bulacağına inanıyordum. Benim görmediğim ya da gözden kaçırdığım bir şey vardı.

- Konuşalım mı biraz?

- Konuşalım tabii...

- Şimdi sana saçma gelecek ama anlatayım.

- Anlat bakalım.

- Rüyamda mor şemsiyeli bir kız gördüm ve sonra o kızın karşı apartmanın giriş katından çıktığını gördüm.

Kızı takip ettim ve kitapçıdan kiraladığı tüm kitapları aldım. Sence o da benimle aynı rüyayı görmüş müdür?

– Haklısın biraz saçma geldi ama sizden uzak kaldığım dönemde hayattaki hiçbir şeyin saçma olmadığına inandım. Rüyaların artık bana saçma gelmiyor çünkü her şey mümkün. Bununla birlikte dünyadaki tek mor şemsiyeli kız o değil. Ayrıca rüyanda gördün diye âşık olman da gerekmiyor.

– Tamam haklısın ama ya o da benimle aynı rüyayı gördüyse?

– Bu da olabilir ama daha gerçekçi bakalım bazı şeylere... O kadar zaman ayrı kaldık hiç mi birine karşı başka atmadı kalbin?

– Atmadı ağabey.

– Leyla peki?

– Olmadı işte onunla, çok başka şekilde sevdik birbirimizi.

– Peki mor şemsiyeli kız o olsa yine böyle mi düşünürdün?

– Bilmiyorum.

– Ben de bir şey diyemiyorum Aras ama aşk sandığın gibi bir şey değil.

– Nasıl bir şey?

– Onun yanındayken iyi hissetmek de aşk olabilir.

– Kalbinin ritmi değişmese de mi?

– Olabilir neden olmasın?

– Sen de bilmiyorsun aşkı.

– Kardeşiz yani ne bekliyorsun?

– Kitaplardan da bir şey anlamadım.

– Nerede kitaplar, ben de okuyayım.

– Olur oku tabii, belki çözersin bir şeyleri...

– Umarım.

Yapabileceğim tek şey kızın karşısına dikilip konuşmaktı, bunun başka yolu yoktu. Bir şey hissetmiyordum ona karşı ama bir kere de olsa konuşmak istiyordum. Öte yandan Leyla yine kafamı kurcalıyordu. Ona karşılık verememek beni gerçekten üzüyordu hatta bu konuda kendimi suçluyordum. Dünyanın en iyi insanı olabilirdi ve kalbi çok güzeldi. Peki benim aradığım neydi? Aşk hiç tanımadığın birine karşı bir anda hissettiklerinden ibaret olabilir miydi?

Aklımda sorular tükenmek bilmiyordu ve her geçen gün işler daha da rutin bir hal alıyordu. Bense her şeyi içime atar olmuştum. Tanımını bulamadığım aşkı yanımda da bulamıyordum. Tek derdim bu değildi elbette ama çözmem gereken bir şeydi. Mavi rüya defterimde yazılar biriktiriyordum ve bir gece rüyamda Leyla'yı gördükten sonra o deftere şunları yazdım:

Ve anlatamayacağın, dillendiremeyeceğin şeyler yaşarsın bazen. Kimsenin haberi olmaz. İçinden geldiği gibi susarsın kendine. Bazen de konuşursun ama nereye kadar sürer böyle? İnsan kendine sorduğu sorunun cevabını bilmiyorsa en samimi halini yaşıyor demektir.

Kalbinde bulduğunu yanında bulamaması acıdır ama muhakkak daha acı şeyler de olur hayatta...

Lakin konu aşksa diğer acıları bir an da olsa unutuverir insan. Başka tarafa bakıyordur çünkü... Kimsenin göremediği bir şey görmüştür, kendini bir kez daha keşfetmiştir, belki de bir kez daha değil bu ilk keşfidir.

Sahi nedir keşfetmek? Kabullenmek midir biraz? Hani şu içinde olanı, söz geçiremediğini kabullenmek de bir keşif midir? Baş edemeyeceğini düşündüğün bir his de keşiftir ve insan en çok kendinin kâşifidir ama bunu sonradan öğrenir. İş işten geçtiğinde...

Uyanır yeni sabahlara, dilinde küçük bir yanma olur... İçimde tuttuklarım dışımı sarsa o da beni sarar mıydı diye düşünür. Vazgeçer sonra bu hissiyattan, belki de ölene kadar bu hisle yaşar.

Gülümser tutuklu kalmış yarınlarına bir şarkının notaları eşliğinde... Üzülür sanki o gün hiç deniz görmemişçesine... Yaşar bir önceki günü unutup bir sonraki günü hayal etmeden. Ve büyür içindekini dışına attığında... Bir şiir bir nesir olup kâğıda aktığında...

Yarınım ol. Dünler sadece dün ve düşünme artık sen benim ol. Bir cümle yaklaştırırsa bizi sen tam da o cümle ol ama benden bir nokta koymamı bekleme. Sonlar filmlerde olur, sen benim son anım değil soyağacım ol.

Ve küçük adam uyanır. Sanki bütün şiirler başkalarına yazılmış, bütün aşklar başkalarınınmış gibi...

İşte tam da bu hislerle uyanıyordum artık. Kalbimde ve yanımda bulamadığım aşkı rüyalarımda buluyordum. Olsun bu da bir şeydi ve iyi hissettiriyordu. Leyla'da annemi ve kız kardeşim Duru'yu buluyordum ama onun bende ne bulduğunu hiç düşünmedim. Ve bu şu an aklıma geliyordu. Onun aşk dediği neydi? Ondaki aşkın tanımını öğrenmem lazımdı, belki de benim rüyam oydu. Belki de bu ikimizin rüyasıydı.

Hızla üzerimi değiştim ve apartmandan dışarı çıktım. Kaldırımın köşesindeki yerindeydi yine Çapraz.

- Leyla'yı gördün mü Çapraz?

- Dün gördüm ne oldu?

- Senden bir şey isteyeceğim. Benim için yapar mısın?

- Denerim.

- Yapar mısın?

- Deneyeceğim de ne istiyorsun?

- Aşkın tanımını istiyorum ama senden değil, Leyla'dan...

- O zaman Leyla'ya sor Aras.

- Soramam. Sen bana yardım et.

- Tamam akşam görürsem sorarım.

- Teşekkürler Çapraz.

Çapraz'dan aldığım sözle içim rahatlamıştı. O sözünü mutlaka yerine getirirdi. Alacağım cevap beni rahatlatacaktı çünkü aradığım tanım biraz da Leyla'nın bana hissettiklerinde saklıydı. Umarım Çapraz'a benim sordurduğumu anlamazdı ve cevap verirdi. Kalbini kırdığımı biliyordum, öyle ki son karşılaşmamızda benimle konuşmak bile istememiş, her şeyi kestirip atmıştı. Belki de artık bana eskisi gibi bakmıyordu. Belki de hiçbir şey hissetmiyordu. Belki de aşk geçip giden bir şeydi.

Bütün gün sokaklarda gezdim. Kendimi dünyaya bırakmıştım ilk defa. Umarsızca yaşadım o gün, kendimden bile hiçbir şey beklemeden, hayatımı garantiye almadan... Cebimde biraz beyaz leblebi elimde bir şişe gazoz Kadıköy'ün altını üstüne getirdim. En son yine kendimi bir bankta bir başına oturur halde buldum. En sevdiğim de işte buydu. Dönüp dolaşıp bir bankın üzerinde denizi izlerken tüm yorgunluğumu unutmak...

Akşamüzeri eve döndüm. Bakkaldan bir şişe gazoz aldım. Bir de en büyük boy beyaz leblebi tabii... Çapraz'a uzatıp "Afiyet olsun" dedim.

– Teşekkür ederim Aras.

– Sordun mu?

– Neyi?

– Leyla'ya soracaktın ya?

– Evet sordum.

– Ne dedi peki?

– Aşk bir rüyadır dedi.

– Başka ne dedi?

– Yarın sabah bana aşkın tanımını yapacakmış. Çok yorgunmuş.

– Cevabı öğrenemedin yani?

– Yarın öğreneceğim.

– Teşekkürler Çapraz. Bunlar da ufaklıklar için mama.

– Ufaklıkları hiç unutmuyorsun.

– Gerçek dostların onlar değil mi?

– Bilmem. Sen de gerçek dostumsun. Sarılalım mı?

– Sarılalım tabii...

– Bak üç haftadır yıkanmıyorum.

– Hamama gidelim mi birazdan?

– Gerçekten mi?

– Evet önce berber sonra hamam. Sen hazırlan ben geliyorum.

– Ne hazırlanayım?

– Lafın gelişi, sen bekle burada geliyorum.

– Tamam.

Yukarı çıkıp hazırlandım. Babama ve ağabeyime de hamama gideceğimi söyledim. Çapraz'dan pek hoşlanmıyorlardı ama onlar da gelmek istediler. Son olarak Fahrettin Amca'yı da davet ettim ve o da gelmek istedi. Hep birlikte hamama gittik. Berbere gitmek istemiyordu Çapraz. Ve içimizde en kirli tabii ki oydu. Tellak onu iyice bir temizledikten sonra hep birlikte göbek taşına uzandık.

– Artık birkaç ay yıkanmazsın Çapraz.

– Belki yarın yine getirirsin Aras. Yine yıkanırız.

– Olur tabii, sen iste yeter Çapraz. Üç hafta yıkanmamak nedir?

– Üç hafta kısa bir zaman ama iyi geldi.

– Yüzün gözün açıldı şimdi yalan yok. Öyle değil mi Fahrettin Amca?

– Öyle vallahi... Gençleşti.

– Yarın berbere gideriz artık değil mi Çapraz?

– Yok Aras.

– Tamam ısrar yok. Benim işi çözeceksin ama?

– Tamam aramızda.

Biriyle aranızda bir şey olması güzeldir, tabii aramızda bir şey olmasını istediğim kişi Çapraz değildi ama bu da bir gelişmeydi benim için. Belki bir gün rüyamdaki insanla da aramızda bir şeyler olurdu. Hayatın ne getireceği bilinmezdi tıpkı götüreceklerini bilemediğimiz gibi...

O akşam kendimi çok iyi hissediyordum çünkü yarın bir cevap alacaktım ve aldığım cevap beni belki yeni bir başlangıca belki de bir sona götürecekti. Bazen insan gideceği yeri düşünmüyor sadece bir çözüm istiyor, işte ben de o aşamaya gelmiştim. O çözüm benim başlangıcım olsa da sonum olsa da istiyordum. En azından öğrenmek istiyordum çünkü aklınızda kalan her şey, bitiremediğiniz her sorun ömrünüzün sonuna kadar size azap olabilirdi ve ben böyle bir ömrü yaşamak istemiyordum.

Uyudum. Hemen sabah olsun istiyordum. Aşk bir rüyadır diyen Leyla'nın aşka gerçek bakışını öğrenmek istiyordum. O gün dünyanın en güzel sabahına uyandım çünkü cevabı alacağıma inanıyordum. Hava biraz çiseliyordu ama yağmur yağıyor diyemezdik. Camdan dışarı baktım. Çapraz hâlâ uyuyordu.

Çayı demledim ve sıcak ekmek almak için fırına gittim. Birkaç tane de simit aldım. Mutluyken hayatı ağır çekimde yaşıyordum. Adımlarım usul usuldu ve ben en sakin halimle gülümsüyordum dünyaya... Döndüğümde Çapraz hâlâ uyuyordu. Dün akşam hamamda iyi temizlenmişti ve bu temizliğin verdiği bir uykuydu. Ben öyle düşünüyordum ama yine de cevabı öğrenmek için ona seslendim.

Uyanmadı. Elimle omzuna dokundum yine uyanmadı. "Hadi berbere gidiyoruz Çapraz" dedim ama tepki vermedi. Omzunda tutup onu çevirdiğimde krem rengi kazağının kan içinde olduğunu gördüm. Tam kalbinin üzerinden vurulmuştu ve nefes almıyordu. Boynunun üzerinde bir kâğıt vardı ve kan bulaşmıştı. "Şimdi ödeştik Fahrettin" yazıyordu. Dünya başıma yıkılmıştı. Neden bilmiyorum ama kâğıdı alıp cebime attım. Soğumuştu Çapraz. Avucundan dün akşam ona aldığım beyaz leblebiler döküldü. O kadar kötü hissettim ki kendimi...

Bazı şeylerin anlatılamayacağını sadece yaşanabileceğini o an bir kez daha öğrendim. Annem ve kız kardeşimden sonra yakından şahit olduğum ilk ölüm buydu. Çapraz beni yıkmıştı. Onu öylece bırakıp apartmana koştum. Merdivenlerden çıkarken "Çapraz'ı vurmuşlar!" diye bağırdım. Fahrettin Amca'nın kapısını çalıp yine aynı şekilde bağırdım.

Bir süre sonra hepimiz Çapraz'ın başındaydık. Yağmur başlamıştı ve bu sefer "Kazandık!" diye bağıran bir Çapraz yoktu. Öylece uzanmış yıllardır sahip olduğu kaldırıma... Fahrettin Amca başında ağlıyordu ama kimse olanı biteni anlamıyordu. Çapraz'ın ellerini tutmuştu ve onu öpüyordu.

"Ah kardeşim ah!" dedi.

İşte bu ses dilinden değil kalbinden dökülüyordu çünkü benim kalbime ulaşmıştı. O an her şey anlamını yitirmişti. Hepimiz öylece kalmıştık Çapraz'ın başında...

O gün karakolda ifade verdik ve cenaze işlemlerini takip ettik. Ortada bir şüpheli yoktu. Tabii bize göre... O günün gecesinde Fahrettin Amca ile yalnız kalmıştık. Kâğıdı çıkarıp ona uzattım.

– Çapraz'ın üzerindeydi Fahrettin Amca.

– Ben de bunu bekliyordum. Sana da soramadım.

– Neler oluyor Fahrettin Amca?

– Anlatacağım ama aramızda kalacak.

– Peki Fahrettin Amca.

– Bunu onlar yaptı. Yılların intikamını almak için hem de... Kalplerindeki kini nefreti Çapraz'ın kalbinde söndürdüler ama unuttular. Bunun bir bedeli olacağını unuttular. Ben kötü biri değilim Aras ama yeteri kadar iyi de olamadım. Çapraz'ın hesabı bu gece sorulacak.

– Peki Fahrettin Amca.

"Çakmak kibriti yok eder ama

kibrit çakmağı sadece ısıtır."

Bu benim hikâyem değildi, Leyla'nın hikâyesi de değildi. Bu hikâye Çapraz'ındı. Bizler sadece figürandık. Bir kalbin karşılığını arayan figüranlar...

Fahrettin Amca ile Çapraz kardeşti ama birlikte değillerdi. Yıllar önce bir hesaplaşma yüzünden Fahrettin Amca'nın babası birinin kardeşini vurmuş ve öldürmüş. Ardından bu olayın öcünü almak istemişler ve oğullarından küçük olanını öldüreceklerini söylemişler. Çapraz küçük kardeş Fahrettin ise büyük. Tıpkı ağabeyimle ben gibiler işte...

Bir gün bir kaza geçiriyorlar ve o kazada babaları ölüyor. Fahrettin Amca da Çapraz'ı koruyabilmek için öldü olarak gösteriyor. Yıllardır babasıyla mezarda yattığı sanılan Çapraz aslında Kadıköy'de bir kaldırımın üzerinde yaşıyor. Böylelikle hem Fahrettin Amca'nın gözü önünde oluyor hem de dikkat çekmiyor. Ta ki bugüne kadar.

– Çok temiz kalpliydi o Aras. Çok başka bir çocuktu.

– Biliyorum Fahrettin Amca.

– Üzerinden senin verdiğin gazozların kapakları da çıktı. Saklıyormuş, düşünebiliyor musun seni ne kadar sevdiğini?

– Ben de onu çok seviyordum.

– Ona yapılanı kimsenin yanına bırakamam. Bu gece ödeşme vakti bana geçti.

– Kanun var Fahrettin Amca. Senin bir sürü avukatın var, onlar bunu çözecektir.

– Haklısın Aras.

Haklıydım ama haklı olmanın dışında işliyordu burada kurallar. Gece yarısı iki minibüs geldi evin önüne. Fahrettin Amca'yı merdivenlerde yakaladım. Uyumamıştım çünkü böyle bir şey olacağını düşünüyordum. Onunla biraz konuştum. Yatıp uyumamı söyledi. Ben de onunla gelmek için ısrar ettim. Çapraz'ın benim de bir ağabeyim olduğunu anlattım. Gelebilirsin ama arabadan çıkmayacaksın dedi. Kabul ettim. Başka bir seçeneğim yoktu.

Çatalca'da uçsuz bucaksız bir çiftlik evine gittik. Kapının önünden iki minibüsle yola çıkmıştık ama oraya gittiğimizde konvoydaki minibüs sayısını tahmin edemiyordum. Fahrettin Amca ile aynı minibüsün içinde bekliyordum. Bir süre sonra birini getirdiler. Minibüse bindi ve Fahrettin Amca'nın karşısına oturttular. Çok sakindi Fahrettin Amca.

– Neden yaptın?

– Ödeştik.

– Öyle mi?

– Öyle.

– Biliyorum kendini kibrit sanıyorsun. Yakarım canını diyorsun ama unutuyorsun. Siz kırk çöp kibrit olsanız bir çakmağı sadece ısıtırsınız, bu da yetmezmiş gibi çakmağın kibriti yok edeceğini de unutursunuz. Götürün.

Ondan sonra ne oldu bilmiyorum ama olanları az çok tahmin edebiliyorum. Fahrettin Amca Çapraz'ın kalbinin hesabını sormuştu. Bu onun yönteminde bir hesaplaşmaydı. Minibüsler konvoy halinde ilerliyordu. Ben bu kadar güçlü bir adamın Çapraz'ı neden yanına alıp korumadığını düşünüyordum ama o şekilde de koruyamayacağını, en doğru yöntemi seçtiğini düşünüyordum artık.

Minibüsler farları kapalı bir şekilde ilerliyordu ve çakmak kibriti çoktan yok etmeye başlamıştı...

On Birinci Bölüm

Aşk yaşandığı ana aittir ve her an ölümsüzdür.
Bu yüzden bir gün bittiğini sandığınız şey aşk değildir.
Sadece başka bir ana denk gelmişsinizdir.

Bazen zamanın nasıl geçtiğini anlamıyorsunuz ve içinizdeki boşluğu hiçbir şeyle dolduramıyorsunuz. Şu an bunları yazarken bile Çapraz'ın yokluğunu kabul edemiyorum. Her gün selam verdiğim, gazozumu beyaz leblebimi paylaştığım arkadaşım artık yoktu. Dertleşecek kimsem kalmamıştı. En son hamama gittiğimizde belki yarın yine getirirsin yine yıkanırız demişti. Sanki içine doğmuş gibiydi bir şeyler. Hamamın ertesi günü yine yıkanmıştı ama bu son yıkanışı olmuştu.

Bazı şeyleri tarif edemiyor insan. Bir arkadaşın yokluğuyla tükenip gidiyor. Aradan tam üç hafta geçti ve ben dayanamıyorum onun yokluğuna. Canım arkadaşım Çapraz artık yok. Leyla ona aşkın tanımını yapacaktı ve o tanımdan eser de yok. Her şey öyle yarım kaldı ki bütünlemek mümkün olmuyor. Mor şemsiyeli kıza gelince o da artık kitap almıyor.

Okuduğu bütün kitaplar bende. Odamda duruyor. Ağabeyimin incelemeleri de sonuç vermedi. Anlayacağınız rüyalarımın anlamsızlığı devam ediyor. Aptalın teki olduğumu düşünüyorum. Neyin peşinden gittiğimi artık ben bile anlamıyorum. Çözemiyorum ve çözmek için de çabalamıyorum.

Bugün yine kitapçıya gittim ve sordum ama mor şemsiyeli kız yeni bir kitap bırakmamıştı. Bu oyun da böyle bitmişti işte. Ortada ne kitap vardı artık ne de mor şemsiyeli kız... Leyla ise yüzüme bile bakmıyordu. Babam, ağabeyim, Fahrettin Amca ve ben birlikteydik ama kimsenin eskisi gibi tadı yoktu. Özellikle de benim. Ve Fahrettin Amca'nın...

– Yeşil kasa artık senin Aras. Bana bir şey olsa da olmasa da senin...

– Ne yapacağım ki o kasayı Fahrettin Amca?

– Ne istersen yap demeyeceğim. Ben bu zamana kadar ne yaptıysam onu yapacaksın.

– Ne yapacağım yani?

– Paylaşacaksın oğlum.

– Neyi paylaşacağım?

– Kazandıklarımızı...

Fahrettin Amca o gün kasayı açtı ve içini gösterdi. Çok miktarda para vardı orada ve Çapraz'ın bıraktığı gazoz kapakları...

– Bak bu kasa artık daha değerli... Sen içine gazoz kapaklarını koyacaktın ama ben senden önce davrandım.

– Evet böyle daha güzel olmuş.

– Bana bir şey olursa buradaki paraları yardımlaşmak için kullanacaksın anlaştık mı?

– Anlaştık Fahrettin Amca.

– Bir de şunu asla unutma Aras. İnsan iyilik yaptıkça ve yardımlaştıkça güzelleşir. Bu yüzyılda para çok değer kazandı belki ama asıl iyilik bir ihtiyaç sahibinin gönlünü kırmadan yardım edebilmek. Ve senin böyle bir kalbin var. Sana güveniyorum.

– Çok teşekkür ederim.

– Son olarak şunu da söyleyeyim. Para ile alınan her şey ucuzdur.

– Nasıl yani?

– Yani bir şeyin değeri para ile ölçülüyorsa o şey birileri tarafından satın alınabilir. Buna da ucuzluk denir. Öyle bir şey yapacaksın ki karşına gelen insan o şeyi para ile satın alamayacağını bilecek. Tıpkı senin karakterin gibi. İyi ki varsın oğlum.

– Sen de iyi ki varsın Fahrettin Amca...

– Kimse senin sen olduğunu bilmeyecek. Sıradan biri olacaksın. Tıpkı benim yıllarca yaptığım gibi... Apartman dairesindeki yaşlı bir adam olacaksın. Bu da bir bedel ama iyiliğe ve güzelliğe değer.

– Deneyeceğim.

Fahrettin Amca'yı anlamakta zorlanmıyordum. Benliğini unutacaksın ve benim hikâyemi devam ettireceksin diyordu işte... Bu hikâye yarım kalmamalıydı, ya benim yarım kalbim? Ona ne yapmalıydı!

Ağabeyimin yanına çıktım. Odada uzanıyordu. Babam da divanda uzanıyordu. Çocukluğuma dönmüştüm yine... Tek eksik Çapraz'dı. Bütün kitapları topladım ve bir poşetin içine koydum. Hikâyem bitmişti artık. Bir kitap ağabeyimin elindeydi.

– Ağabey bittiyse onu da ver. Kitapçıya bırakacağım.

– Sonundayım. İki kahve yap içelim o arada biter.

– Tamam ağabey, hazırlıyorum.

Kahveleri hazırlayıp odaya geçtim. Ağabeyim kitabı bitirip sehpanın üzerine bırakmıştı. Saat geç olmuştu ve hiç evden çıkasım yoktu. O kitabı alıp en baştan okudum. Sonuna geldiğimde gece olmuştu artık. Ağabeyim ve babam uyumuştu. Arka kapağın içinde bir mum damlası vardı. Kitapları mum ışığında okuyordu demek ki mor şemsiyeli kız...

Mumu kazıdığımda karşıma bir harf çıktı. Hemen diğer kitapların arka kapaklarının içine baktım onlarda da mum damlası vardı. Nasıl oldu da fark etmedim diye düşündüm. Bütün mum damlalarını kazıdım. Tam on dört kitap vardı ve karşıma on dört harf çıkmıştı.

Gece yarısı sokaktaki büyük telaşe ile hepimiz uyandık. Aşağıya indiğimde karşı apartmanın giriş katındaki kızın hastaneye kaldırıldığını öğrendim. Her şey üst üste geliyordu ve ben daha neler olacağını tahmin bile edemiyordum. Ertesi sabah kitaplarla onun karşısına çıkacaktım ve rüyamı anlatacaktım ama o şimdi hastanedeydi ve benim elimden gelen bir şey yoktu.

Ağabeyime durumu anlattım, o da hemen karamsarlığa kapılmamamı söyledi. Evde öylece bekliyordum. Uyuyakalmışım... Uyandığımda hemen aşağıya indim ve sokaktakilerin konuşmalarına şahit oldum. Kızı kurtaramadıklarını söylüyordu sokaktakiler... Bense olana bitene anlam veremiyordum. Bu kadar kayıp benim için çok fazlaydı ve geri getiremeyeceğinizi bildiğiniz her kayıp sizi daha da yaralardı.

Mor şemsiyeli kızı da kaybetmiştim. Ne olacaktı şimdi? Bu nasıl bir hikâyeydi? Ben böyle bir hayatı istemiyordum. O gün ilk defa kalbimin yorgunluğunu hissettim. Tükenmiştim işte bu sefer ve sanırım hikâyem artık bitmişti. Yorgun argın merdivenlerden çıkarken Leyla'yı gördüm.

– Konuşamadık Aras. Başımız sağ olsun. Çapraz için çok üzgünüm.

– Çok üzüldüm.

– Ben de... Nasılsın?

– Pek iyi değilim, sen?

– Ben de.

– Neyin var?

– Arkadaşımı kaybettik.

– Karşı apartmandaki kız mı?

– Evet.

– Başın sağ olsun.

– Teşekkürler Aras, kendine iyi bak.

– Sen de...

Mor şemsiyeli kız Leyla'nın arkadaşıydı ve hikâyem baştan sona bir karmaşaydı işte. Bütün her şey iç içe girmişti. Artık sorular biriktirmek istemiyordum. Konuşmam lazımdı. Zaten bu zamana kadar çektiğim sıkıntıların tümü suskunluğumdandı. Leyla'yı görünce kalbimde hissettiğim şeye de anlam verememiştim bu sefer.

Biri sizi istediğinde gözünüzde değersizleşebiliyor ama aynı kişi sizden vazgeçtiğinde bir anda değer de kazanabiliyor. Hissettiğim şey kaybetmenin verdiği bir şey miydi yoksa kalbimin sesi miydi? Bunu belki zaman gösterecekti ama benim artık zamana da güvenim kalmamıştı.

Bütün gün yazılar yazdım ve kaybettiğim her şey için kendime defalarca kızdım. İnsan elinde olanın değerini bilemediğinden yalnızlaşıyordu. Evet evet tek neden buydu. Kalbin aradığı bir şey yoktu. Kalbin aradığı kendisini bulandan ibaretti. Ben beni bulanı hak etmemiştim. Çocukluğumu da Leyla'yı reddettiğim için kaybetmiştim. Anlam veremediğim asıl şey ise Leyla'nın bana karşı biten hisleriydi. Demek ki aşk böyle bir şeydi. Zamana yeniliyordu ve ben zamana yenilmek istemiyordum.

Ertesi gün mor şemsiyeli kızın cenazesine katılmak için evden çıktım. Kitapların bulunduğu poşeti de sırt çantama koymuştum. Herkes gittikten sonra mezarının başucuna bırakacaktım. Hava yağmurluydu ve o mor şemsiyeyi gördüğümde hayal gördüğümü sandım ama hayal değildi işte. Mor şemsiye Leyla'nın elindeydi ve mor şemsiyeli kız da onun yanındaydı. O an hasta olduğumu düşündüm. Ölen kimdi?

Her şey yine zamana kalmıştı... Zaman bu hikâyenin sonunu yazacaktı ben de ömrüm varsa oynayacaktım. Aradan birkaç ay geçti. Soramadığım bütün soruları artık soracaktım. Kızı takip etmeye devam ediyordum ama artık kitapçıya girmiyordu. Kadıköy İskelesi'nden Beşiktaş vapuruna bindi, ben de peşinden bindim. Yine konuşamıyordum. Bir an için tüm cesaretimi toplayıp yanına oturdum.

– Merhaba.

– Merhaba.

– Aras ben. Aynı sokakta oturuyoruz.

– Biliyorum. Leyla'nın arkadaşısın değil mi?

– Evet. Nasılsın?

– İyiyim, sen?

– Ben de iyiyim. Aslında sana kitaplarını getirdim.

– Hangi kitaplar?

– Bir ara çok sık kitap alıyordun. Ben de kitapları aldığın kitapçıdan senin aldığın tüm kitapları aldım ve biriktirdim.

– Neden ama?

– Şimdi söylesem inanmazsın hatta saçma gelebilir ama bir rüyanın peşinden gittim diyelim.

– Bir rüya mı?

– Evet rüyamda gördüğüm bir şeyi yaptım.

– Bu kitapları ben okumadım.

– Neden aldın peki?

– Kardeşim için.

– Kardeşin mi?

– Evet o okuyordu hepsini. Hatta o da senin gibi bir rüyanın peşindeydi.

– Nasıl yani?

– Bana hep şunu söyledi: Bu kitaplar birine ulaşacak ve o gün ben rüyalara bir kez daha inanacağım.

– Mor şemsiye de onun muydu?

– Hayır hayır mor şemsiye Leyla'nın. Bir ara ödünç almıştım ve birkaç ay sonra cenazede ona geri verebildim.

– Başın sağ olsun. Kardeşin için hep dua edeceğim.

– Teşekkür ederim.

– İstersen kitapları verebilirim sana.

– Hayır. Sahibini bulmasını istiyordum ve bulmuş. Bu beni çok mutlu etti.

– Beni de...

Mor şemsiyeli kız Leyla'ydı. İşte kalbimi bulmuştum.

On İkinci Bölüm

Aşk yanı başında...

Zaman bir bakıma zamansızlıktı ve çok zamansız bulmuştum kalbimin sahibini... Tabii bir de rüyalarımın sahibiydi o, Leyla... Şimdi onunla konuşma zamanıydı ama artık bana karşı bir şey hissetmiyordu ve işin kötü yanı ben ona karşı çok şey hissediyordum. Karşısına dikilip konuşabilirdim ama beni dinlemezdi. İnatçıydı ve bir kere konuşamazsak bir daha konuşamayız diye düşünüyordum. Yapacağım tek şey ağabeyimden akıl almaktı. Aslında Çapraz yaşıyor olsa her şeyi daha kolay çözerdim ama şu an için çıkış yolunu ağabeyimle bulabilirdim.

Mor şemsiyeli kızın Leyla olduğunu ağabeyime anlattım. Rüyalarımda gördüğümü biliyordu ve artık o da rüyaları saçma bulmuyordu. Kitapların arka kapak içindeki harfler birleştiğinde karşıma "Aşk yanı başında" cümlesi çıkmıştı. Ve çocukluğumdan bu yana yanı başımda olan tek kişi Leyla'ydı. Aşk Leyla'ydı.

– Bak şimdi Aras, sen Leyla'yı seviyor musun?

– Seviyorum.

– Rüyaları unut şimdi.

– Tamam unuttum.

– Seviyor musun hâlâ?

– Hâlâ seviyorum.

– O zaman gidip konuşacaksın.

– Dinler mi beni?

– Dinleyecek. Başka bir çözümü yok bunun. Konuşarak çözeceksiniz.

– Ben onunla aile olmak istiyorum.

– Biz zaten aile değil miyiz Aras?

– Öyle değil işte. Gerçekten aile olmak istiyorum.

– O zaman evlenin.

– Evlenin demesi kolay. Bana güvenmiyor artık.

– Senden iyisini mi bulacak?

– Gerçekten bununla beni avutmaya mı çalışıyorsun? Benden iyisini bulur ya da bulmaz burayla ilgilenmiyorum ki ben. Sadece onu istiyorum.

– Ben mi konuşayım?

– Olmaz.

– Sen konuş o zaman.

– Çekip giderse?

– Çekip gidemeyeceği bir yerde konuş.

– Nerede mesela? Bilirsin başka birinin konusu olsa hemen çözerdim ama terzi kendi söküğünü dikemiyormuş.

– Vapurda konuş. Hiçbir yere gidemez o zaman dinlemek zorunda kalır.

– Tamam da o benimle vapura biner mi ki?

– Onu da mı ben çözeyim Aras? O kadarını yapamıyorsan zaten hiç konuşma.

– Haklısın.

– Şu senin mavi rüya defterini getir oradan birkaç yazı seçelim. Rüyaların sahibi Leyla olduğuna göre yazılar da artık onun.

– Tamam seç bakalım.

Birlikte rüya defterimin içinden birkaç yazı seçtik. O yazıları da Leyla'ya verecektim. Belki de okurdum. Ne yapacağımı bilmiyordum ama yazıları bir şekilde onunla buluşturacaktım. Tam üç yazı seçtik. Biri vapurda okumak için, biri evlenme teklifi için, biri de teklifi kabul ederse davetiyeye yazdırmak için...

Bu öyle ha deyince olacak bir şey değildi, hafta sonunu bekledim ve hazırlık yaptım. O süreçte her zamanki gibi Fahrettin Amca ile de ilgileniyordum. Çapraz'ın ölümünden sonra o da çökmüştü ama her şeye rağmen iyi olduğunu söylüyordu. Onu iyi görmek en azından onun ağzından iyi olduğunu duymak bana da iyi geliyordu.

Fahrettin Amca'nın yardım işleriyle artık ben ilgileniyordum ve her seferinde ondan yeni bir şeyler öğreniyordum.

– Bu iş nasıldır biliyor musun Aras? Bu iş önce başkasını düşünmektir. Biz seninle eski çiftçiler gibi olacağız.

– Nasıl?

– Babamız çiftçiydi bizim ve en sevdiği şey yağmurdu. Anlayacağın biz yağmurdan hiç kaçmadık. Yağmur yağdığında “Kazandık!” diye bağırarak koşardık tarlalarımızda... Uçsuz bucaksız arazilerimiz vardı ve Ferhan öyle bir koşardı ki bu arazilerde günü bitirirdi. Bir o yana bir bu yana koşardı ve ben ona o zaman Çapraz adını takmıştım. Bunu da sadece o ve ben bilirdik.

– Çok özledim Çapraz’ı.

– Ben de oğlum ben de... Şimdi sana babamı anlatayım. Babam ekin ekerken, ilk attığı ekin için “Bu kurda” derdi. İkinci attığı ekin içinse “Bu kuşa” derdi. Son attığı ekin için de “Bu aşa” derdi. Herkesin hakkını vermeden kendi hakkını istemezdi. Sen de böyle olacaksın. Önce ihtiyaç sahibinin hakkını vereceksin sonra kendi hakkını alacaksın.

– Peki Fahrettin Amca.

– Aferin sana. Bir şey soracağım sana, Leyla ne oldu?

– Bir şey olmadı.

– Hayal olmasın tamam mı?

– Tamam.

Herkesin her şeyin farkında olması aslında kalpten geçenlerin gizlenmediğini gösteriyordu bana... Zaman geçiyordu ve ben öğrendikçe büyüyordum. Hafta sonu geldiğinde her şey için hazırdım. Bir gün önceden Leyla’ya konuşmak istediğimi söylemiştim o da kabul etmişti ve o güzel cumartesi günü aynı bankta yan yana gelmiştik.

– Uzun zaman oldu.

– Evet.

– Nasılsın?

– İyiyim, sen?

– İyiyim ben de.

– İyi.

– Çok mu uzak kaldık? Ondan mı böyle?

– Nasıl?

– Çok soğuksun Leyla.

– Bilmem.

– Anlıyorum.

– Ne anlıyorsun Aras?

– Seni anlıyorum.

– Umarım.

– Bu son görüşmemiz mi dersin?

– Bilmiyorum.

İkimiz de bir şeyleri bilmemekte ısrarcıydık. Belki de gerçekten yanında olmamı istemiyordu. Ben bir şeylerin değişmediğine inansam da değişen bir şeyler vardı sanki... Bir daha eskisi gibi olamaz mıydık yani? Bunun cevabını Leyla benden daha iyi biliyordu çünkü bu sefer sorular bendeydi.

O kalabalığın içinden sıyrılıp vapura bindik. Beşiktaş'a geçiyorduk ama Beşiktaş'ta ne yapacağımızı bilmiyorduk. Vapurda ona mavi rüya defterimden bir yazı okumak istedim.

– Rüya defterimi de getirdim.

- İyi yapmışsın.
- Bir şeyler okumamı ister misin?
- Bizimle mi ilgili?
- Olabilir.
- Oku tabii, nasıl istersen...
- Okuyayım o zaman.
- Tamam dinliyorum.

İnsan her şeyi sevebilir ve nasıl severse gün gelir öyle vazgeçer.

Tam olarak bir vazgeçiş diyemeyiz elbette...

Sevdiği şeylerin yerinin diğer sevdiği şeylerle yer değiştirmesi olabilir bu.

Mesela sevdiği şarkılar değişir.

Öyle bir film izler ki, en sevdiği film değişir.

Çocukluğundan beri çok sevdiği bir renk vardır.

Gün gelir o renk de değişir.

Mümkün olan değişimlerdir bunlar.

Zaten mümkün olmayan bir değişim yoktur.

Sevdiği yemek değişir mesela...

İçtiği içecekler eskide kalır, yerini yenileri alır.

Doğruları değişir.

Doğrular değişmez ama onun inandığı doğrular değişir.

Korkuları da öyle tabii... Gün gelir onlar da değişir.

Değişmeyen ne var ki bu hayatta diye düşünmeye başlar.

Ama bir şey bulamaz.

Oysa ait olduğu yer değişmez.

Değiştiğini düşünse de değişmez.

Günler geçer başka aitlikler hisseder.

İnanmadığı kollarda huzur arar ve yalan sevgilere kucak açar.

Ama rüya kısa sürer çünkü gerçekler rüyaları pek sevmez.

Gün gelir rüyalar da gerçekler de değişir...

Ben senin ait hissettiğin yer olmak istiyorum.

Neresi olduğumun önemi yok.

Turuncu bir karavan olabilir mesela...

Belki de bir kuşun yuvası...

Denizin tam ortası da olabilir.

Sen nereye ait hissediyorsan ben orası olmak istiyorum.

Başka bir şey değil.

– Bu çok güzel Aras.

– Evet ağabeyim işe yarayacağını söylemişti.

– Nasıl?

– Yani o da okumuştu bu yazıyı ve sevmiş.

– Anladım. Her şey değişmez ama...

– Neden?

– Bence değişmez bazı şeyler, hep aynı kalır.

– Ne mesela?

– O da bende kalsın.

– Benimle paylaşabilirsin, yine sende kalmış olur.

– Paylaştığın her şey senden uzaklaşır.

– Soru sormak istemiyorum daha fazla ama seni anlamak isterdim.

– Ben de seni.

– Gazoz içer miyiz?

– İçelim.

– Çantamda var. Açıyorum hemen.

– Tamam, teşekkür ederim.

– Kapağını almayacak mısın?

– Biriktirmiyorum artık.

– Neden?

– Öyle.

– Tamam tamam soru yok. Ben biriktiririm.

– Nasıl istersen...

– Bütün günümüz böyle geçecek sanırım.

– Nasıl geçecekmiş?

– Her şeyi bana bırakacaksın.

– Kendim dışında evet.

– Tamam.

İşin içinden çıkmak zorlaşıyordu, belki de ben konuşamıyordum. Yazı işe yaramıştı aslında ama devamı gelmemişti. Bitmiş bir şeyi mi başlatmaya çalışıyorum diye de düşünmedim değil. Ama başlamayan bir şey nasıl olur da biterdi ki? Yine de hikâyeme devam edecektim çünkü sonunu merak ediyordum.

Vapurdaki çocuk o sırada bir şarkı söylemeye başladı. Sanki özel bir istekti benim için bu şarkı. Beraber dinliyorduk ve bir MFÖ şarkısı diyordu ki:

"Uykulu gözlerle döndüm rüyamdan
Sana sarı laleler aldım çiçek pazarından
Sen olmasan buralara gelemezdim ben
Sevemezdim bu şehri anlamazdım dilinden...

Nasıl bir sevdaysa bu karşı koyamam
Dayanamam kıskanırım seni paylaşamam
Satırlar uçar gider aklımdan
Sana sarı laleler aldım çiçek pazarından...

Yeniden başlasam bu sefer korkmadan
Koklayıp birbirimizi çöpe atmadan
Satırlar uçar gider aklımdan
Sana sarı laleler aldım çiçek pazarından..."

Bu şarkıyı ikimiz de çok seviyorduk ve sanki o an ikimizi anlatan sözleriyle bizim varlığımızı kanıtlıyordu. Duymazdan gelemezdi Leyla, tam da önümüzde söylüyordu.

– Seversin sen.

– Severim.

– Baksana sana rüyalardan kurtuluş yok. Hâlâ devam mı uyanır uyanmaz rüyaları yazmaya?

– Bazı şeyler değişmiyor Leyla.

– Ben de bundan bahsediyorum işte. Değişmeyen şeyler var ama aynı da kalmıyor.

– Olabilir tabii...

Konuşmalarımız vapur boyunca böyle devam etti. Vapurdan indiğimizde onu bir yere götürdüm. Gittiğimiz yerde açık artırma ile bir şeyler satılıyordu. Mezat sever miydi bilmiyordum ama benimle gelmişti ve işin aslı bu da ağabeyimin planıydı. Açık artırma başladığında herkes bir şeyler almaya başladı. Ben istediğim şeyin açık artırmaya çıkarılmasını bekliyordum. On dakika kadar bekledik ve benim alacağım matruşka açık artırmaya çıkarıldı. Kimsenin beğenip alacağı bir şey değildi bu ve ben almalıydım çünkü içinde Leyla için bir şeyler vardı.

Birkaç kişi teklif verdi ama en yüksek teklifi verip aldım. En yüksek teklif dediysem çok büyük bir şey değil. Bir matruşkaya ne kadar verilirse o kadar işte...

Matruşkayı alıp Leyla'ya uzattım.

– Bu bugünün hatırası olsun.

– O zaman içindeki matruşkalardan biri de sende kalsın.

– Tamam aç bakalım.

– İçinde matruşka yok.

Evet içinde başka matruşka yoktu çünkü ilk içtiğimiz gazozların kapakları ve küçük bir yazı vardı. Tabii o yazının karşılığında cevap bekleyen bir ben... O yazıyı okurken ben de onu izliyordum ve vereceği cevabı heyecanla bekliyordum. Ağabeyimin planlamış olduğu bu şey beni gerçekten mutlu etmişti ama Leyla mutlu muydu bilmiyordum.

İçimden geleni en sade haliyle yazmıştım o kâğıda... Bir evlilik teklifi değildi ama benzer bir şeydi. O ne anlardı bilmiyordum ama yanımda olmasını istediğimi anlamasını tüm kalbimle istiyordum.

Sen Benim Balkonum Ol

Herkes herkesin evi olur sen benim balkonum ol.

Seni kendime katamasam da bana ait olduğunu bileyim.

Bir sabah güneşe döndüğümde yüzümü

o güneşin senin sayende evimden içeri girdiğini de bileyim.

Bir de gecesi var bunun tabii...

Ayın on dördünü seninle izleyeyim.

Bana nefes ol, seni nefessiz kalmışçasına tüketeyim.

Bizim buralarda balkonu mutfağa katarlar

ya da çamaşırlar kurusun diye balkona asarlar.

Çok romantik şeyler olmaz anlayacağın.

Gerçi sen de bilirsin biraz bunları ama hatırlatmak istedim işte...

Bunları duyunca balkonum olmak istemezsin tabii, haklısın da...

Ama sen benim balkonum ol.

Söz yıldızları senden başkasıyla izlemem.

Her yanına çiçekler koyarım ve günün ilk ışığıyla yine seni severim.

Bir ev başka ne ister ki?

Çiçeklerime iyi bak...

– Kalkalım mı Aras?

– Çiçekler?

– Ne çiçeği?

– Çiçeklerim işte sen?

– Ne ben?

– İyi bakacak mısın diyorum? Yazıyı okumadın mı?

– Okudum.

– Bir cevap verirsin diye düşünmüştüm.

– Daha önce verdiğin bir mektup vardı. İstersen onu geri vereyim.

– Yok. Onu istemem ama bir cevap isterim.

– Tamam. Ne kadar beklersin beni?

– Bir cevap için ne kadar beklenirse...

– Bir ay, bir sene, bir asır?

– Bir ayı seçiyorum. Malum hâlâ açık artırma yapılan yerdeyiz.

– Tamam bir ay sonra cevabı vereceğim.

– Tam tarih ve yer alabilir miyim?

– 24 Mayıs Cumartesi 14.34.

– Yıl 2008 tabii...

– Bir ay sonra yıl değişmediğine göre...

– Tamam. Beraber dönüyoruz değil mi?

– Hayır. Düşünmeye başlamam lazım.

– Peki.

Sen benim balkonum ol dedim diye bir ay düşünmem lazım demişti, evim ol deseydim bir seneden az düşünmezdi sanırım, kendimi böyle avuttum o gün. İnsan balkonunu bir ay bekleyebilirdi. Bense Leyla'yı bir ömür...

Mayıs 2008
İstanbul Kadıköy'de bir bank

– Böyle işte bey amca. Bu da benim hikâyem.

– Gerçekten başka bir şeymiş bu anlattığın.

– Evet benim için çok başka bir şey.

– Saat on iki daha ama Leyla 14.34'te gelmeyecek mi?

– Gelecek mi dersiniz?

– Bilmem ama yaz sen bu hikâyeyi güzel kitap olur. Belki filmi de olur. Yoksa sen yazar falan mısın? Böyle gizemli bir sürü şey anlattın ve bir gazoz kapağından dünyayı dolaştık. Birkaç soru sorayım mı?

– Tabii buyurun.

– Fahrettin Bey'e ne oldu?

– İki hafta önce onu da kaybettik maalesef. İyi değildi biliyordum ama bu ayrılık gerçekten zor oldu.

– O zaman yeni Fahrettin Bey sensin. Aras mı gerçekten adın?

– Adımın ne önemi var ki?

– O da doğru evladım ama yaz bu anlattıklarını... Biliyorum ikinci kez söylüyorum ama yazmalısın. Bu başka şeyi insanlar bilmeli.

– Leyla gelirse yazarım.

– Kızın adı kesin Leyla yani?

– İsimlere çok takılıyorsunuz bey amca. Ben en iyi arkadaşımın bir adı olduğunu onu kaybettikten sonra öğrendim. Belki de ben bir Çapraz'ım. Yağmur yağdığında kazandık diye sevinip koşacak kadar temiz kalpli, bir kaldırım üzerinde ölecek kadar yalnız...

– Adın Aras değil senin.

– Peki bey amca. Senin adın ne?

– Bilmem ama senin adın Aras değil.

– Neden değil peki?

– Değil işte. Aras mı adın?

– Değil.

– Aras.

Birkaç dakika sonra...

– Çok affedersiniz. Babam sizi rahatsız etmedi umarım?

– Hayır hayır.

– Bankada işim vardı benimle gelmek istemedi, denizi izleyecekmiş... Sıra gelmeyince geciktim.

– Adı Aras değil bunun.

– Babam biraz rahatsız kusura bakmayın.

– Siz kusura bakmayın, bilmiyordum. Bilsem daha yakından ilgilenirdim.

– Teşekkür ederim.

– Adı Aras değil bunun.

– Değil bey amca değil.

– Kız gelmese de yaz.

– Ne kızı baba? Çok affedersiniz.

– Sorun değil hanımefendi, babanızla aramızda.

– Gazoz için teşekkürler Aras. Kız gelmese de yaz.

– Afiyet olsun. Tamam yazarım.

– Beni de yaz, adımı hatırlamıyorum ama yaz. Söz verdin. Adıma da Aras dersin.

– Tamam sizi de yazarım.

Giderken hâlâ konuşuyordu bey amca ve ben onu hâlâ duyuyordum.

"Adı Aras değil ama iyi evlat, çok güzel hikâye anlattı bana. Çok ilgilendi benimle... Bankada işin yok mu senin? Ben oturayım Aras'la..."

En az deniz kadar sakindim o gün. Mayısın sonunda gülümsüyordum hayata ve adımı çoktan unutmuştum.

Kapağın Hikâyesi

Rüyalardan çıkmıştık yola ve hayalleri de katmıştık işin içine... Derken mor bir şemsiyenin altında bulduk kendimizi ve tam da o an bir bankın üstünde gazozlarımızı yudumluyorduk. Sanki bir hayaldi bu ve insan hayallerine sarılamıyordu hatta bazen yanında olana da...

Bir hayal kurduk ve iki gazoz kapağına ömrümüzü adadık. Anlatıldığında önemsiz dursa da, anlaşıldığında tarif edilemeyecek bir his bu. Ben seni bir gazoz kapağının içine hapsettim ve avucumun içinde sakladım. Her içtiğim gazozda bu hikâyeye seninle yeniden başladım.

En güzel sabahlara uyanmayı değil de, seninle birlikte en güzel rüyalarda kaybolmayı seçtim. En güzel rüyamsın, uyandırma...

Yazarın Notu

Hayatımız boyunca bir şeylere inanırız ya da bir şekilde inanmamız sağlanır. Kimi zaman ailemizden kimi zaman çevremizden etkileniriz. Bu yüzyılda en büyük sorun güven ve ben "Kimseye güvenme" diyenlere değil de "Hayat kolaydır" diyenlere inanmayı seçiyorum.

Sen de bir şeylere inanacaksın ve bununla birlikte hayatına yeni yollar katacaksın. Girdiğin her yolda güzelliklerle karşılaşmanı ve kalbini bulmanı dilerim. Bu hikâyeye gelince birinin kalbiniz olduğuna inanıyorsanız araya uzun zamanlar koymayın çünkü hayat sandığımız kadar uzun değil ve her şey bir an meselesi...

Sözlerime burada son verirken hayatın çok kısa olduğunu bir kez daha hatırlatmak ve tekrarlardan kurtulup o başka bir şeyi hayatınıza katmanızı en samimi şekilde isterim. En güzel yerlerde, en doğru insanlarla yollarımızın kesişmesi ve her zaman en iyisinin değil, en hayırlısının olması dileğiyle...